我在欧洲的生活

王独清 著

中国文史出版社

图书在版编目（CIP）数据

我在欧洲的生活 / 王独清著 . — 北京：中国文史
出版社，2019.12

ISBN 978-7-5205-1870-3

Ⅰ . ①我… Ⅱ . ①王… Ⅲ . ①散文集－中国－现代
Ⅳ . ① I267

中国版本图书馆 CIP 数据核字（2019）第 281003 号

责任编辑：李军政
装帧设计：蒲　钧

出版发行：**中国文史出版社**

社　　址：北京市海淀区西八里庄 69 号院　邮编：100142

电　　话：010-81136606　81136602　81136603（发行部）

传　　真：010-81136655

印　　装：河北华商印刷有限公司

经　　销：全国新华书店

开　　本：787×1092　　1/16

印　　张：8.5

字　　数：105 千字

版　　次：2020 年 2 月北京第 1 版

印　　次：2020 年 9 月第 2 次印刷

定　　价：36.00 元

自序

仅仅是我过去的生活一部分的叙述的这本书,假使没朋友底鼓励和出版处底催促,怕在最近期间也终没有完成的希望。我很不愿意叙述我底过去,尤其是在欧洲的这一段。因为我认为这是我已往历史中比较离开实际斗争的一页。

本来的计划是叙述我从少年时代一直到现在的一部整个的自传,但不料去年要求我写它的那个出版处忽然遭了意外,而我底稿子也在我不安定的生涯中把大半失掉了。现在,这本书只是就去年所剩到的稿子补足而成的。我从来不想夸张我底生活,但是要说到我自己觉得有叙述的必要的话,那我却宁可选择未去欧洲以前和从欧洲回国以后的,特别是这近几年来各方面对我的攻击和已往朋友们对我联合战线的毁骂——这个,我觉得才是真正有意义的生活的了,关于它们,我希望我将来总有机会可以写出，那将会比这本书有趣味到几倍以上。

不过，我不否认我每段生活都有它复杂而重叠的波涛，即这我不满意的在欧洲的一段，也尽够膨胀我底回忆，在这儿，我却尽可能的把在我个人身上滤过的滴渍放开而去触着我身后的时代底洪流。要是我不能免对于我详细地叙述，那便是因为那儿我整个的身手被特别严重地牵系于时代底网中的缘故。可是必须声明的是我不能说我是完全这样做到了，因为我目前环境所给予我的时间太没有使我进一步推敲我底工作的可能。

在这本书的动笔中，我是平均每月迁移两次住处，同时，饥寒在压迫着我。在我所有的一些可以为这本书多找点材料的书籍却都是有的纷失，有的为解救饥寒贾给了不要我再去摸它们一下的书贾。因为是这样，在写成以后我再没有详细去看一遍的这本书，怕有一个连我自己都要失望的内容也是说不定的。不过，尽管是一幅拙劣的 Mosaic 的花纹，有时也可以使观者看出一点作者所表现的一贯的意义。这个，大概也可说是我敢把它公开出来的一个理由了。

这儿接触着有一些社会上的实际问题，这是没有办法的：我将永远接触着它们，或者将来更要厉害。这是我受人攻击和毁骂的原因。这本书底出世，或者又要使那般等着攻击和毁骂我的人出来忙碌一番，但是，我从来没有顾虑过这些。我的命运或者是注定了要在一个被人虐待的氛围中老死而去。

这儿所有的事实都是实在的，只是除了一部分的人名我是用了另外的形式表现了出来。这却不是为有人来作"索隐"，这只是为了在目前的情状下方便出版的起见。

再没有什么可以说的了。现在时间是一九三一年十二月，我底年纪是三十三岁，生活是困苦的，然而却是严肃的。中国是正当日本帝国主义侵略满洲的时候，全国青年正在被压迫中号呼地奔走着。我这本书恰是搁笔在"五卅"事件，而我的眼前却又现出"五卅"时代底真实景象来了——是的，虽然这还没有到"五卅"的那种前夜，但是空气中是有些什么东西在移动。我在我困苦的生涯中，坚决地，耐死地，等着那要显现给我的时代底来临！

目录

一

　　我脚踏到欧洲底土地，那是在一九二〇年底春天。

　　我记得我初和巴黎接触的时候，我底两眼几乎是要眩晕了去。我第一次在那赛纳河边走过，我的心胸填满着说不出的一种膨胀的快感——这是不消说的，一个久处在文化落后的东方的青年，一旦能走到资本主义文化发达的中心，他底愉快，是怎样也禁止不住的。

　　大概是愉快得过度了的缘故罢？我在到巴黎的第一天，因为要多看些地方，便一个人叫了一个汽车，任那个汽车夫驾着我满街乱跑，我竟把我早晨才由一位和我同船到法国的同伴那儿借来的两百佛郎尽数地花掉。两百佛郎在当时的留学生手中实在算是一笔大款，一到法国便没有一个铜板的我，却把才由朋友借来的这笔大款花在半天的汽车上面。我这人底没有打算，性情底浪漫，在这件事上也可以看得出来了。我记得我那天晚上便没有吃饭，因为我把街跑完了以后，身上又是一个铜板都不曾剩得。

　　但是这种过分的愉快，毕竟没有继续得长久，我的生活便陷在苦闷里面了。我本来是打算在巴黎常住的，却不料竟只住了一个星期，便被命运放逐到法国外省底一个县城中去。

　　这话说起来是很长的。我在上海动身的时候，也曾打算到我到欧洲以后的生活问题。当时中国在五四运动以后，上海和北京各大都市发生了许许多多的新文化潮体，其中最有规模最有组织的要算名叫"少年中国"的一个学会——这个学会，我想现在一定还有人能够记得，当时它底机关杂志几乎是一般智识青年发表思想的中心刊物，它的会员是各大学底教员学生以及有新思想的新闻记者，并且它把组织扩大到海外，在德国法国美国的留学生中间都设立了分会，我虽然不是这个学会的会员，可是我在上海所来往的人都是和这个学会有关系的，当时中国各大报的欧洲特约通信中有一个巴黎通信社的通信，便是"少年中国学会"驻巴黎的会员所主持，我在上海准备要赴欧洲的时候，和我来往的那些"少年中国学会"底会员曾再三地向我申说要是我到巴黎后可以参加巴黎通信社底工作。我当时虽然没有确定到巴黎后必然可以参加那个通信社，但是我以为根据这个学会和我一向的友情，到巴黎后给那个通信社帮些忙总是可以的。不消说我当时的这种观察是太过于简单，几乎是不了解社会上的生活，不过同时也因为我要到欧洲的心太切迫了，对于后来生活上的详细计划可以说是没有时间去顾虑。这在我，算是抱着了一个不可靠的生活上的打算跑到了欧洲。

其实呢，这个不可靠的生活上的打算要是没有别种原因去妨碍时，或者也还有成为事实的可能，但却不料被一件意外的事情弄得我和当时"少年中国学会"底几个中坚分子隔绝了起来。这便是我和吴弱云女士的恋爱事件。

吴弱云女士，是四川人，她底父亲在四川有"名士"的声望，她底妹妹便是那位在四川任过大官僚的职位又在上海一个大学中担任过教务长而最后被人暗杀了的姓潘的政客底夫人。她在上海时经过朋友底介绍，是和我同船赴欧洲的，当时和我同船的人很多，女子连她算是三位，其余两个也是四川人，一个年纪还小，一个便是"少年中国学会"

在巴黎的中坚分子周虚成的未婚夫人，男子共有十多个人，其中有几个在后来都成了前进政党底革命人物，八年后在恐怖的政变之中作了牺牲的赵斯年，熊尊韵，都是那只船中放洋的人，不消说当时我底年龄是在青春时期，在那长途的航海生活中每天都和她聚在一处谈心，渐渐地会相熟了起来，她对于我，却好像开始便有一种特别的企图，不同对待船上其他同伴的样子对待我。像赵斯年，熊尊韵，也是每天和她谈心的，可是都不曾得到她底注意——这个，我想大概因为我底小资产阶级底气氛较为充分，容易和她合得来的缘故，不过，这个"容易和她合得来"，便是以后我堕落的起因了。

翡云是一个身裁不高的女子，她底面貌并不算是怎样的好看，不过她善于表情，生成的一种活泼态度很能吸引男子，她很会说话——这是四川人底特性——遇到一个问题，比较的能够解答，在那时的中国，都市上的女子像她那样可以和智识较高的男子一点不避忌的相周旋以及常常提出许多问题来相辩论的确是很少，所以当她在上海的时候，便为一般作文化运动的青年所包围，特别是"少年中国学会"底会员，大部分都向她献过殷勤的，老实说，我对于她，并不完全满意。在她谈话和举动之间，我总感觉到她流露着不少虚荣的矫饰和虚伪。但是男女间的关系真难说定，我虽然不满意她，但却被她屈服了。这固然由于我当时的没有把握，同时却也因为她对我表示的自动力太强的缘故。她是完全积极地向我兜挑，向我进攻，连第一次的接吻都是出于她底要求的。可是在这种情形之中，她却极力向我欺瞒着她过去的一段生活：我一点也不知道她还有一个情人在欧洲等她，而这个情人又正是我在上海曾经会过面的"少年中国学会"底中心人物之一，在当时相当负盛名的汪广季。

就在我到了巴黎的第三天，这桩恋爱的公案便爆发起来了。汪广季一听到翡云到了巴黎，便由柏林搭夜车来接她去同住。这个事实底曝露，使我明瞭了一切。我决计舍弃这种复杂的关系，并且还劝她即日同他动身往柏林去，实在说来，翡云性情是非常的不坚定的，她之同我要好，大概开始便准备维持一种三角形势。广季底年龄和她相差很远，她对他的关系是取着一种半公开的态度，为的是她到欧洲后家中接济不够时，由他的方面可以得些补助。这自然是很明白的，她和他的结合既是中间夹杂着有别种成分，她性爱的要求便不得不由另一方寻求满足，而我便作了供给她这种要求的人物了，但是她毕竟年纪很轻，对于这种计划的实行因为缺乏经验而致布置失了周密，我固然是对她表示了不能再进一步和她交好，就是广季也因为发现了她底不忠实，在盛怒之下竟然决裂地放弃了她，一个人回到柏林去了。

这个变换是发生在一天以内，要算我生平第一次遇到的男女间复杂的事体。这对于翡云自然也是一个打击，她本想迁就广季，却不料广季很是坚定，终于不能挽回。广季毕竟是一个老于世故的男子，一向便以有事务才出名，他的多纹又骨瘦的面貌和他脱落了头发的头顶，一见便知道曾经过许多社会上的阅历，不消说他来处理这个事体是很有把握的，他看穿了翡云底企图，就是暂时妥协，将来终有一天叛变，他宁可早点歇手，免得麻烦越惹越多，他走了以后，翡云像得了大病一样横陈在床上不停地痛哭，并且还使她难过的是和她同船的两位女士本是同她住在一个旅馆里的，这时却都忽然托故地搬开。这原因是很明显的，那两位女士中的一位是周虚成底未婚夫人，为保持"少年中国学会"内部底关系，势不能再同已经和周虚成底朋友汪广季决裂了的吴翡云作伴，其他的一位女士虽然年纪不大，但却也正借重周虚成未婚夫人底介绍，和一位周虚成底年青男朋友结识，所以也得跟着离开那个住所。其次，翡云一到巴黎，便带来了这样的一个浪漫行为，这在那两位女士看来，是很不名誉的。你想，谁愿意和不名誉的人住在一起呢？为保持她们自身底名誉起见，也只有早点搬开的为宜——这种种的情形自然地促成了一个结果，便是责任到了我底身上了。事实使我不得不又改变对于她的态度。

这大概便是我这个人底不坚强的表现罢？我每遇到一件事体，自己本已决定了处理的方法，到后来却又被他种原因逼得自己去推翻自己底决定。我许多的计划就都失败在我这个弱点上面。这次假使我坚持我明白了蓊云底性格时所持的态度，不怕她和她原来的情人脱离，我仍旧不为所动，那以后的种种悲剧既无从发生，我这个人便决不会堕落下去。这就是说，若是这时我再不被她底力量所屈服，那我决不会一天一天地陷到痛苦里面，以后也决不会在颓废中讨生活了。然而事实使我不得不又改变对于她的态度，这真是我底不幸！当我接到她一张简单的请我去见她的条子，我竟像是把我已经对她决定的态度全都忘记了的一样；及至见了她时，她那种横陈在床上痛哭的情形，更使我感觉到我非来招呼她不可——不过我可以在这儿表白，我这时对她的热心完全是出于一种怜悯的同情，她的行为本早已使我发生了对她的厌倦，这时所以能改变我底态度的正在她底被人抛弃同时陷在孤苦地位的这一点上。我当时幼稚的头脑中产生出了一种理想，便是我完全用友谊去招呼她，不但不更进一步和她发生两性的关系，就是同船时那种性爱初步的接吻都得拒绝重演——想想看罢！这是怎样的一个可笑的理想！尤其可笑的，是我当时这样决定时，自己竟非常自信，以为无论怎样是能够做得到的，说起来真个惭愧，在我这样决定了的第三天底晚上，便在一个自己好像失掉了自己的状态之下把这个理想给破坏了，并且，事实底袭来，成了飞跃的情势，只是，在半个钟头以内，她竟成了我实际的情妇。

那一晚上的情景，我一直到现在还记得很清楚的——老实说，谁记不得他开始堕落的事实呢？一个向来对于性爱方面抱持着慎重态度的青年，一旦被一个自己不满意的人来破坏了他的操守，因此以后便要不能够振作。这种生活底变化的开端，怎么能忘记得掉呢？——那晚上我本是替她整理着行李，因为她说她要离开巴黎，到 M 城进学校去，我想我把她送走了以后，我底责任便可告一个段落了，我在电灯下边帮她把凌乱的衣服和书籍装在她由中国带去的笨大的木箱里边，——都收拾妥贴了，便问她是不是决定明天动身，我好按铃叫旅馆底用人来结帐，可是她忽然倒在了床上，说是她头痛，一把拉住了我，"唏嘶太厉"地哭了起来。那时房间中是幽静得很，好像是——容许我说得神秘一点罢——有一种什么力量在压迫着我，她底手渐渐地移到我底颈项上来，索性把我抱在了她底怀里。房中的电灯即刻在我眼前失了光明，我无抵抗地把我底身体和她底身体合在一起……

半点钟以后，我懊悔地垂着头，对于她附在我耳旁的许多的问话，很简单地答了一句道：

——好罢，我和你一同到 M 城去。

这样，第三天我便离开了巴黎。

二

在巴黎的一个星期之中，我也并不是完全没有朋友往还的。席带均便是我一到巴黎依赖的人。他算是比我早到法国了几个月，一切他当然是可以招呼我的。我藉了他底助力，得以在巴黎一个星期的生活和到M城去的路费都不至发生恐慌。

要严格地说来，我在欧洲的几年，算是脱离了斗争的。以我从十多岁在本省办报以至几乎被捕一直到从日本到上海又办报的经过来比较时，我在欧洲的几年实在是脱离斗争的。由上海动身时，拿的一张中华工会嘱托到欧洲组织分会的委任状，不料竟变成一张废纸，到巴黎的第一天，我便把那张委任状以及在上海遇着的一位回国的华工给我写的几封介绍我给法国华工工会的书信拿了出来给席带均看，请他告诉我关于这方面可以接头的人底住址，却竟得了一个轻视的拒绝。他用他比我年纪大的地位劝我不要从事于实际的活动。应当埋头读书作一个 S.vant。当时在留法国的中国人中间出名的是华伦，他是个无政府主义者，听说是和所有华工的团体都有关系，我以为这个人是一定可以援助我的。可是，及至找到了这个人，把我的意思说出了以后，他给我的答复才比席带均还要使人失望。那位瘦瘦的，两撇稀胡子的华伦先生竟出人意料地借我这一个问题发挥了一篇他的哲学的讲演，说自有人类以来团体生活都是靠不住的，这使我不得要领地走开，终竟是没有弄出一点结果。

就是在这种情形之下，我没有办法可以达到我底愿望，不过我还不灰心，又去和周虚成商量。他倒还相当赞助，但说不必事前和华工工会接头，先可独立地筹备中华工会分会。关于经费方面，他说最好去找才到法国的名流伍××，他并且答应可以用第三者的资格先和伍××谈谈看。但是这事终止于我和翡云的关系底曝露，以后周虚成便再不和我谋面，而所谓名流的伍××听说已经知道了这一回事，并且还知道了我到欧洲是没有固定的生活费的，于是逢人便武断地说我是想借筹备工会的事件解决自己底生活，似乎还加了些结论，说这是流氓底行动。我底筹备中华工会分会的计划就这样不能够进行。不消说这因为我当时的思想不成熟所致：我只一味地想仰借一般上层智识分子的人物，而不知道当时我所接近的那般人物根本上便没有一个能够诚意赞助工会的事业的。并且，所谓中华工会底那种机关，在上海一向便是被一般无聊的失意政客所利用，虽然在我离开时，已经加入了许多革命分子，可是事实上还是没有作用。大概在我到法国的第二年，它便因为没有人负责，自然地消灭了。

关于席带均，不能不在这儿先有一点叙述，他与我在欧洲前期的生活是有密切的关系的。带均对我，确是有许多的好处，我一直到现在还感激着他。可是我们曾为了个人间的私事发生了裂痕，便永远地生疏了下去。在上海时，他曾充当过拥护刘乔牟女士的角色。刘乔牟女士是"五四运动"后顶出风头的人，她底演说在当时惊动了许多青年，倾慕她的人是不能够计算出来的。当她宣言她要到欧洲留学时，那些已经决定了到欧洲留学的男子，凡是和她有来往的都没有不想预定一个到欧洲后和她接近的计划：比较她先走的便相约在欧洲等她，在准备走的便设法想和她同船。乔牟呢，运用了她表面"一视同仁"的手腕都一一答应。带均便是相约在欧洲等她的一个。可是不知道是怎样弄的,乔牟底注意力却倾向到我底身上来,可惜在当时因为我底太过稚气竟使我一点都没有了解她底好意,恰恰是一个反对。带均到法国后给乔牟不间断地写信,催她快点出国(这是一位和带均同住的朋友说出来的),而乔牟却是自从我由上海动身那天起便每星期写一封信预先寄往法国去等我——不消说事实上因为当时经过西伯利亚的邮政不通,那些信并不会先我而到法国的——在那些信中,她暗示着要我不要忘记她,表示她不久便会追我的踪迹而来。这儿给带均难堪的事实是那些信都是由他转交我,同时对于他给她的信,大概是很少得到答复。就是为了这个,带均对我,心中便有了些反感。在我要和翡云离开巴黎的前晚,我们同在一处聚餐,在这个时候,他突然把乔牟由他转交我的信全数交了出来,并且封封都先被他拆开看过了。最奇怪的是他把那些信不交给我,却当着我交给了翡云。当时我对他这种举动虽然也曾感觉着诧异,但总以为他是在开玩笑,不会有别种心思。但却不料他是有计划地这样做的。这到后来我才知道(也是那位和他同住的朋友说出来的):他这样做了以后,便立刻写信去告诉乔牟,说我把乔牟底信故意拿到翡云面前去献殷勤,说我在把乔牟用来作为我去向翡云讨好的材料——无疑地这种话说给一个女子去听是会发生效力的,果然乔牟给我不写信了。然而就是因为有了他这样的一个捏造事实的破坏,竟弄出了以后许多的各人生活上的变换;而那些变换之中,怕要算我和乔牟所受的人生的痛苦最为深切。现在,我是理解了那些痛苦给我个人的教训和锻炼,对于带均底这个行为当然是没有一点怨恨,虽然他是做了他不应该做的事情,并且以后还有……

带均和我的私衅就这样开始了。

离世界大战底停止才只隔了一年的我到欧洲的这年,正是全世界资

二

产阶级拼命地挽救着他们资本主义经济组织的大恐慌的时候。这是由凡尔赛会议到华盛顿会议的一个过渡时间。在那空前的凡尔赛和平会议中，各强国用强制的命令求得了所有弱小的国家对于他们提出的赔偿条件的同意，同时做了许许多多的阴谋事件。就这样在那彼此互相掠夺的政治上作了一番虚伪的协定以后，各地便继续开着种种的会议。那是一个最热闹的时期。

别一方面，在蒲列斯特和约后卷起的被压迫阶段底斗争风云之中有一件不幸的大事在我到欧洲的这年恰是满了周年：那便是柏林急遽的政变，李布克奈西与卢森堡底流血的死亡，还有一件在四五个月以前才告了结束的大事：那是匈牙利底混乱的变化，新的曙光仅仅在那儿露了很短的一闪，便被惨白的势力扫退。可是就从以上发生这两个不幸事件的地方一直向东望去，那个冰雪连天的国家却正在这一年中特别是随着这年春天底阳光把人类热血的洪流震荡到巨观的顶点：它和它最切迫的敌人在这时作了一度的激战，终于在历史的血闸之前巍然地站稳了。

不过在当时我对于这些事件却好像有一种不可抵抗的冷淡的感情。这是很容易解释的。在国内"五四运动"的狂潮中滚过的当时的那些智识分子多半都有一种矛盾的心理状态，一面感觉到非彻底和恶势力奋斗不可，一面却又不免被浓厚的恶势力所慑服，常常陷在灰心丧气的气氛之中，特别像那时我那样的青年，在家乡和封建的政治权力反了脸以后，到日本还几乎没有把自己放在一个正确的轨道上的时候，便立刻又被一个浪头打回上海，在那爱国运动的民众大会底狂喊中，在那"排日"机关报的"救国日报"底编辑室里，都不能满足自己内心崇高的欲求，又进一步去参加了工会运动，在那中国破天荒的第一次"五一"大示威底革命的——第一次出现在中国人底眼前的——大旗之下，和赶散工人队伍的警察作那舌敝唇焦的谈判……这样一串，一串！可是恶势力还是层层地密布在自己的四周，统计了自己奋斗的数量，又把所得的成绩考察一下时，那是更容易被一个"没有办法"的观念来侵占住幼稚的意识的。同时，在"五四运动"后的留学运动中，智识分子多半也有两种矛盾的心理状态，一面是要先到外国去把自己底能力培养充分再回国努力有意义的事体，一面却又像是被国内打不破的黑暗空气压迫得生了厌世的心情，想到另一个社会去逃避。不消说那时我也怕算是具着这种矛盾的心理状态最厉害的一个。就是这样——这样带着暴风雨后的倦意渡过了海洋到了欧洲，但却不料又遇到一些意外的打击，像中华工会分会底不能进行，使我把由国内偕来的一点余勇都完全失掉，更像为了吴翥云底事件弄得被几个本可以和我交好的人物所弃，而自己个人生活上又有了那样一个莫名其妙的变化。种种逼来的不得意，竟要我把一向热心实际问题的性情为之改变，我是真的屈服了。这个想起来就令我痛心！我是几乎放弃了自己以前参加许多次群众斗争的那种有价值的生命而向消沉与颓废的路上走去……

为什么不讲真实的话呢？我过去的倾向，用不着掩饰，是革命的民族主义的立场，所以在上海虽然从事于爱国的运动，但是像那种纯粹的国家主义的空气中使我感觉到窒息的苦闷，竟向工会的事业方面去另求发展。并且在"救国日报"上我用"吾人今后应努力者"底一个标题做了一篇分析当时中国现状的论文，结论上还特地举出来 K.Marx 这一个在当时中国还很生疏的名字，意思却说是我们应该用客观的方法去研究他的学说。可是现在回想起当时那种议论底来源，除了是由日本底几种杂志上得来的知识而外，自己再也想不出其他的出处。至于自己提出的那种学说底内容，连自己也不知道到底是怎么一会事。这同参加工会活动是一样的心理。自己总只是觉着专门呐喊爱国是没有多大的道理的，要前进才行，要倡导更新的理论才行。简单的憧憬和简单的激进思想充

二

满了我的脑筋，在工会的活动中仅仅知道主张工人去示威，去游行，此外几乎什么也不知道。不过无论如何，我当时的思想中心却总还保持着一个骨子：那便是要使中国民族独立。但是同时也不能否认，一方面我也沾染上社会主义的色彩了——这当然是一个矛盾。我想，我到欧洲后几年中之和社会事业绝缘，大概也还是因为有这种思想上的矛盾的缘故。以后我之沈耽于唯美派的艺术，大概也是因为在这种矛盾中寻不到出路才向那幻梦的美底氛围里去逃避的罢。

不管怎样，M 城中的生活，对于我是很有意义的。法国的这个 M城，在它底本身并没有什么可以特别提说的价值：它不是威尼市，它不是佛罗兰市，没有可以使人留恋的特点。但是这个地方与中国革命却有密切的关系。最早中国人到这儿的怕要算中国底名流李××。他和这儿市立公学底校长先有了交情，后来勤工俭学的留学运动一起来时，他便和这儿底校长打好了交涉，对于由中国来的学生尽量地容纳在这儿底公学中去学习法文，同时寄宿伙食也好像是取费要便宜一点，不消说那位校长为的是赚钱，虽然寄宿舍和食堂被中国学生拥挤得几乎失掉了学校中应保持的秩序，甚至有些由中国农村里才跑出来的半智识分子也被冲荡到这儿底人群里面来做留学生，他们飞跃的生活使他们一点也不能习惯，讲堂上的吵闹以及公共场所的弄不洁净，常常和法国学生发生冲突，但是，都不要紧——校长总是不讲话的。在那许多的中国学生中间，种种的人物都有，而以后在一九二五到二七年的中国大革命中演重要角色的人物也都聚在这儿。许多争斗的运动都从这儿爆发：围公使馆要求"求学权"，占领里昂中法大学，便是当时两件有名的事实。在这个公学里边，甚至在这个 M 城底整个城市里面，中国留学生底影子几乎掩住了法国人。中国女生住在这儿的也很多，以后死于革命的向金绮和差不多再十年后和我发生了一个相当时期情爱关系的蔡含稀便是当时女生中间最刻苦的两个。那些女生除了翡云和两位曾在上海住过很久的小姐而外，大部分都是才由中国内地出来便一直跑到外国的人，她们就把在中国内地穿的服装穿到 M 城：布裙、布鞋，甚至连袜子都是从前乡村中的白布袜子。总之当时的 M 城是中国"五四运动"以后一部分艰苦而前进的智识青年会合的地方。那般人都是随着时代底浪潮用突变的方式改换着自己底生活，在利用着这个欧洲最不出名的小城底经济条件以造就自己底知识能力，他们不知道也不能够享受欧洲所有的物质的快乐——虽然他们是住在欧洲——他们整日地研究，报纸和政治的小册子就是他们底法文读本（L'Humanite 报几乎是每人看一份的），他们讨论，组织，在准备着作革命的战士……

不消说我在那些同学中是保持着一种特殊阶级的地位的。我不曾参加他们底问题讨论和其他的运动，我只是在旁边作着帮助和赞成的工作。当时我一面是精神不振作，一面也是对于当时握着文化特权的上层分子还没有完全摆脱依赖的心情。我没有坚决地和那些同学混合在一起，我密切的朋友还是席带均那类靠名流接济或拿官费的人。不过我底倾向却是接近着那些同学，他们在影响着我，在我后来转变到新的方向的生命之中不难找到那时他们投给我的一些酵素。

向金绮在那些同学中是最杰出的人物。她不但领导着所有的中国女生，同时还领导着男生中的前进分子。她是生成的一个革命者，她有破坏一切人为的习惯的勇气，她底奋勉和她底天才在女子中是很少见的。她和蔡含稀底哥哥在那时已经成了夫妇，两个人走到街上时是特别的惹人注目：女的是一点不加修饰，头发已经剪短，中国乡村的黄布衫和黑布裙；男的头发披到肩头，布的洋服满身都是皱纹，领子变成了黑色……可是这两个人是当时在 M 城的中国学生底中心，只见这两个人召集着什么会议，只见这两个人约别个讨论什么问题，尤其是向金绮，

二

那种扑在眉目间的真实热心的精神和苍白的脸上诚恳的表情，加之很清楚的口齿间进出的深湛的思想，那是谁也会倾服在她底面前的。十年后当这位革命的女杰底丰神在伟大的牺牲中泯没了的时候，几乎连她的敌人都为她可惜，她的才能是和她底人格同样的要使人不能够忘掉。

除了那般可纪念的人以外，还有几个少数的另外一方面的人，像以后成为国家主义的领袖的曾暨便是一个。曾暨本算是我在"救国日报"的同事，是和"少年中国学会"有关系的人物之一。他是彻头彻尾的一个滑稽角色，年纪在那时也不过是三十多岁，但是他身体形式的不健康和他对任何人都要摆出前辈的那种习惯使他几乎像一个老人。我从来没有看见过他好好地读过一次书，他是每天都要找人闲谈，有时强迫着别个听他用带唱的音调背他做的古诗。在 M 城那种中国留学生的环境中间他真要算是一个特殊的人物。对于我，他本是有相当的友谊的，就是为了我和翡云的关系，惹起了他极端的反对，对我的友谊才渐渐地恶化起来。他之反对我和翡云的事件，固然因为作翡云底前一个情人的汪广季是他底最好的朋友，而其实则因为他根本便不能够和像我这一类的人常相接近，翡云这个事件不过是恰促成了这个裂痕。记得有一次他曾向别个说我和翡云的关系超过了精神的范围，所以我是应该枪毙！当时我不知道他的思想会走到极端的 Ne phop' a 方面，以为那不过是他底洁癖的表现，等到以后他整个的人格和我完全背驰的时候，我想他大概更以为我是应该枪毙了罢！……

我就这样在 M 城住了下去。我没有住公学底寄宿舍，我住在一家法国人底家中。我埋头于自然科学的研究和法文作文的练习，又由我底房东介绍了一位年龄将近六十岁的拉丁文的专家，我在他面前翻动着古籍底书页，由 Cioero 到 Virgilius，宗教的名著也选读了不少。

翡云和我的感情越是相处越是觉得不能够融洽下去。她底浅薄的举动，她底始终不能改正的虚伪，使我常常被一种不宁静的苦痛所包围。我底性情变得渐渐暴戾了起来，有时我和她争吵得厉害，我把我正读的书撕破，跑出门去想要自杀。不成问题地我当时还有许多幼稚的习惯，对于一个虚荣很重的女子是没有多大的经验的，不过蓊云底性情却也是浮躁到极点，她用一种完全高傲的自动去戏弄男子，快乐和恼怒都一任她自己的突然间的冲动，她不知道什么是克制，对于她底对方是绝对的残酷——这使我们底生活永不能合在一条线上，我们彼此都有一个预感：将来总有一天要互相隔离的。这好像真的一天一天地走向了事实，不可抵抗的事变终竟在我们相处的四个月之后忽然发生了。

事情底开始是几个才由马赛到 M 城的中国留学生底报信。一天，为了欢迎新入 M 城公学的同学，大家聚会在公学底一个教室里面，几个新的同学陆续地向欢迎者说了他们来外国的志愿以后，接着便是随便报告些他们由国内动身后一路上的情形。忽然一个新的同学带着叫喊的声音说道：

——我们这次从海船上带来了一个很有趣的新闻：刘乔牟和陈澁严……

刚说了这两个名字，那几个新的同学便一齐破声大笑了起来。这对于我是一个心头的惊跳：乔牟真的到法国了……陈澁严这个名字是我早已听见过的，他是北京大学底助教，同时也是"五四运动"后顶出风头的一个人。

——刘乔牟和陈澁严在船上要好的不得了，那位新同学继续地说，两个人偷偷地钻进公用的浴室里去幽会，不料被一个爱开玩笑的茶房看见了，竟把浴室的房门从外面锁了起来。结果是陈澁严打破了窗子，从窗口爬出，一时全船上的人都轰动了。外国人大发脾气，骂中国人扰乱秩序，中国人也动了义愤，几乎要把刘关进囚房，把陈赶下船去。

二

这个报告给了我两种不调和的感情：一面好像自己身上轻松了一半，把一向对于乔牟的责任完全卸掉；一面却又隐隐地心头有些酸痛，好像失落了一件东西的一样，觉得乔牟是再不属于我的了……认真说来，乔牟底年纪还要比我大着几岁，而样子也说不上好看。她那北方特有的不秀媚的脸上是没有可以吸引一个注重美感的少年的那种轮廓的，若是要把她和蕙云比较时，在这一方面那她是只有失败。不过对于我，她底引诱力却是远过于蕙云。这理由是很明白，就是因为我那时完全被她超出于一般女性的那种为社会运动奔走的能力所折服了。在"五四运动"以后的智识分子都因为才经过一个破坏的狂暴时代，各人底兴奋都还没有消退，一切的问题都要集中在反抗当时社会的这一焦点上，朋友的结合自然也都根据着这层意义。乔牟在上海能够被许多智识青年所包围的也就是这个缘故。我当时不消说也和那些同时代的青年一样，敬爱一个从事于奋斗事业的朋友，尤其是一个女性的朋友，是当然的事体。在上海时我虽然对乔牟并没有过恋爱的动机，但是总愿意和她常常接近，这是事实。及至到法国接到她那些信以后，我是曾经被苦闷捉弄了好几天，我悔恨我自己和她接近时没有明瞭一切，我怨忿命运对我的戏谑。蕙云底过重的小姐气愈使我觉得乔牟是应该倾慕。

然而现在客观的事实是这样的了。在我听到那位新的同学底报告后，大约再过了四五天的光景，便听到大多数留法学生对于乔牟和陈澂严两个人攻击的声浪，"刘乔牟进浴室……"这句话几乎成了一个普遍的故事底名目。甚至于陈澂严因此被当时筹备里昂中法大学的中国委员取消了他入中法大学的官费。最奇怪的是在上海曾请求和乔牟同船出洋或是预约到外国等她的那般从事过思想解放运动的人在这时却是像互相约好了似的一致地对乔牟施着一种轻蔑的嘲骂。实在地说，当时中国底智识分子在欧洲的（至少就说是在法国的罢）除了那一部分住在 M 城的艰苦的留学生而外，凡是领官费或受名人帮助的留学生——不怕他们有的是在国内已经负了新文化运动的中坚和其他的声誉，不怕他们以后多半是得到了学士或博士的地位——却大多是些思想行为非常矛盾的人：他们自己可以挥霍着手头很容易得到的金钱在欧洲最繁华的地方放荡地享乐，可是对于别个的责备却又几乎是站在禁欲主义的立场。乔牟和陈澁严的关系，那时在我看来实在是找不出一点不正当的理由，竟想不到被留学在文明极度发达的欧洲的那些中国底上层分子认为是最大的罪恶——不过，这个却不是不能够解答的事：本来欧洲极度发达的文明就是建筑在一种矛盾的基础之上，我们只看欧洲各国正在把握着政权的任何一个能手的政治家都莫不是一面放任资本主义发展到没有道德可言的地步，一面却又尽可能地拖出些已死的封建的道德形式去裁判民众……这个，便是当时我们那般留学生所学的时代底精神了。

我记得我是曾经替乔牟不平了很久，我写了一封信去安慰她。那时她和陈澁严住在柏林底乡间，她很诚恳地答复了我底信。她对那般攻击她的留学生下了一些彻底的批评，她说当时攻击她最严肃的人便是从前想和她要好最厉害的人。她断定那般人将来都是低头在既成权威之下的投机分子——真的，乔牟底话是应验了！一直到现在，我一个一个地在数着那般留学生底名字的时候，我总是感着一种惊奇：我是发现不出一个能够跳出既成权威的圈子以外的人，一个能够跑到革命的更前线上的人！

但是我不能在这儿否认，乔牟以后的生活也是堕落的。她有一般女子所缺乏的胆量和勇气，只是虚荣心过盛，同时又太好夸张。她和陈澁严那样一个没有一定主张的人共同生活，对于她要算是一个很大的不幸。她和向金绮，蔡含稀，都是在中国近几年来不断地翻腾着的革命浪潮中驰骋过的女子，以能力而论，她并不比后两个更差，可是单是她以

二

后再没有进步，她是完全丢弃了社会的工作，去过那保守的家庭生活去了。

乔牟和陈澀严的结合，实在和我有很大的关系。这是以后从一个和乔牟最接近的人讲出来的：当乔牟在国内要动身出洋的时候，曾提起我来便表示着十二分的愤恨，并且说对我总要有一个相当的报复。无疑地这是她接到了带均报告我和葑云有了恋爱的那封信以后的态度。当时乔牟底船位已经买定，上海各种报纸上关于她出洋的新闻都已经登出，当然她不能因为追踪我的希望失败而停止她动身的计划，所谓要报复我的便是她要一到了欧洲的时候偕着一个可以受人称赞的丈夫去和我相见。她是打算玩小说中那种情人间的暗斗和比赛的把戏的。结果，不消说陈澀严便是她选定了的当她那位丈夫的角色了。听说陈澀严本有一个一同出洋的情妇，可是乔牟在那一个多月的海船上不惜用了种种方法把那个女子底地位夺去，使自己底计划成功。

天下的事往往不能如一时冲动时所想的那样简单，乔牟万想不到她和陈澀严的结合会惹起许多人无意义的攻击。在她，这怕要算是一个最难堪的刺激。她是曾抱了很大的幻想，以为到欧洲后也能像在国内的那样活动，她准备至少在留欧的中国学生中间要做一些组织和领导的工作。可是，不料竟至一点也没有实现。她连见我的心愿都没有偿得，便和陈澀严住到很僻静的柏林底乡间去了。并且——这在我总觉得是一件遗憾的事！—— 一直到现在我再没有会过她一面，她给我的信前后约有二十多封，都被我在要离开 M 城的时候丢在我住了一年多的那家房东底火炉中烧掉……

现在且说乔牟这样的到了欧洲以后对于我和葑云间所发生的事变。这个说来怕有人不会相信，因为我所遇的人都太过是小说中的人物了。不过我可以负责，我所说的都是事实。现在代替乔牟来当小说中的人物的却是带均：他用了一个突然的形势闯入我和翡云的生活里来了。

带均用了一番策略想使乔牟成为自己底人，或者在他本以为是非常有把握的事，而不料所得到的却是恰恰相反的结果。他大概做梦也没有梦到乔牟会偕着一个丈夫到欧洲去。这对于他，不消说谁也能想像得到，打击是相当的厉害的，带均底性情和乔牟真是一对，都有一种自强的个人主义一类的英雄色彩，对于关系自己的事体，总要尽可能地使本身得到一种胜利才肯停手。好像带均被乔牟那种对于他的下不去的对付弄得有些错乱了的一样，他把他底怒气索性迁到了我底身上来：他要把翡云和我拆开，就是说要使翡云到他身边去作乔牟的替身，他进行得很是迅速，忽然之间到 M 城来看我——这是不用解释的，自然是一个假意的访问了。就是在他这次的访问中，他和翡云（我那时是怎样的老实！）订了密约，决定一星期后两个人到距离 M 城约一天路程的 J 城去同住。

二

三

中国古时的Misogynist说一切女子底性格都同水一样，这自然是胡说。但是要形容蒻云底性格时，那却是只有用这样的说法才可以形容得恰当。真的，蒻云底性格是同水一样，那种流动不定的性格简直是——实在再没有别种可以打譬的——同水一样！我同她相处时的不能相安，固然有种种的原因，但是现在想来大概多半还因为当时我已经对她有了不信任的意识，所以才在她面前感觉不到一点愉快。要是我不怕别个妄加揣测地说我是被过去嫉妒的宿恨所驱使而故意来毁谤蒻云时，那我便可以坦白地说出：她有一种自己不能够克服的习惯，要如同一般女子一样的和一个男子永久相处下去，在她几乎是不可能的。她底情欲就好像是有某种胃病的人底胃口一样，要常常换着味道不相同的食品才觉得满足。不消说她是有强烈的感情的，不过她底那种强烈的感情来得异常容易。当她底感情到来时，她确是可以不顾一切；只是一点，你若是相信她那种感情可以给你带来有不变易的忠诚时，那你便要一点也不含糊地受一个绝大的欺骗，因为当她自动地把她那种感情掷到人面前的那个期间，就已经连她自己都没有保证她同时给人送的有她一些责任心的把握。

请想，蒻云既是这样的一个人，并且同我已经有了不能相处的情势，那里受得起一个心中早已定好计划的带均再去作一些挑动和引诱的工夫呢？这结果自然是起一种很快的事变。当到翡云坚决地对我说她要到 J 城进学校去的时候，我还是茫然地摸不着她起这个念头的原因。我用我和她当时所存在的那种关系间应有的义务观念恳切地留着她，我是怕她到 J 城后要感到许多的不便，她那时的法国话还太过不纯熟，同时她又是有必须要人招呼的习惯的。可是及至我听到她露出了带均也要由巴黎迁移到 J 城去住的消息时，那我才明白了一切。我很光明的向她表示了我是决不妨碍她所想做的事，并且说了我是只要她能够快乐，我尊重着她底自由。

——你真的能这样吗？她含着不放心的口气在问。

—— 一定的！你尽管去就是。

——那么你须得送我去……我走后你可不能到处毁坏我……

翡云一向便有一种不聪明的虚伪：她同某个男子好了以后，几乎已经是公开了的，可是她还要在别个面前掩饰地说她和某人只是朋友的关系；若是再和另外一个男子要好时，那她便绝对地否认自己底过去。我说她不聪明，是因为当她掩饰和否认的那个顷刻，她完全不看对方底相信或不相信。当她同我发生了恋爱关系不久的时候，她在一位完全知道她和汪广季的那段事迹的朋友面前向我说道："我和广季不过是很随便的朋友。"可是这句话同样地两年后传到另外的一个人底耳中，那便是在她和我第二次——也就是最后的一次——分离的时候，她向着她那位从我这个情人算起而还是在我能知道的范围以内的第四个情人说道："我和度浸不过是很随便的朋友。"她那位情人便是以后要说起的傅翘，对于她和我的关系是最熟悉的一个人，对于她这句话当然也和我从前对于她这句话一样，是不能够相信的。当她向傅翘说这句话的时候，也是在别一个人底面前，不过那个人并不是其他的朋友，却是她嵌在这句话

三

中的度浸的我自己……

记得有一位文学批评家用阿那托尔法朗士底小说 *Le lys rouge* 中所描写的事实批评阿那托尔法朗士是有提倡情人间说诳话的嫌疑，并且说在阿那托尔法朗士的意思是以为对情人说话的不忠实即便是对情爱的忠实的表现，要是这种心理真的在社会上存在的时候，那翡云或者便可以说是属于这一类的了，在这儿要是容许用一点严肃的态度来作说明，那便是：这种情形是我们处在这个资本主义社会之下不能免的事体，可惜我那时不懂得用社会关系去分析一个人，现在想来，翡云那种女子实在是一个完全的资本主义社会中女子的模型，她可以作阿那托尔法朗士小说中的人物，她是生来便具有串演巴黎式恋爱的那种骨像的角色。

你若是明白一个人底行动在我们目前这种社会下面会有极相反的两方面的时候，那你便能知道为什么一个最顾全名誉的人便是行为最不堪问的人，尤其是在处在我们目前社会下面的女子底身上更加容易找出这种事实。翡云之爱惜名誉几乎成了一种癖性：无论什么人只要稍微对她有点不好的批评，在她，那人便是她终身的仇敌。这个，在知道她那放荡的行为的人真不会相信！她与其说是一个浪漫的，人毋宁说是一个卑怯者。她每当同一个男子分家的时候，总先设法使那个被她遗弃的人以后不说她的坏话，但是这个往往是很难做到的事，所以她常常感到苦恼。记得她和汪广季分裂后不久的时候，看到了汪广季在某种杂志上做了一篇自叙式的文字，中间只隐约地提了一点关于她的故事，竟然便激起了她非常的愤怒，她真好像有一种特殊的权利：只要别个对自己忠实，而自己却绝对不能用一点忠实的情谊去对别个！

这便可以解释翡云所以说不要我到处毁坏她的那句话底意思了，不过说到我呢，当时在我那种种复杂的畸形的心理状态之中还有一种说起来很可笑的倾向，我好像在相当地学着那种过分轻蔑自己的宗教精神，我底行动有时很没有道理地露出些禁欲的和对个人间愚忠的色彩。我对于翡云，就充分地表现了我这个很可笑的倾向底发展。我几乎是什么都依着翡云的心思去做，完全没有顾到自己底利害。凡是和自己心境不能相容的事体都用一种逆来顺受的克制能力隐忍地接纳了。真是谁也想像不到，我守着她不要我"毁坏"她——就是不要我说她不好——的约言一直到她给了我几乎再不能隐忍的痛苦以后，到她第二次和我再彻底分手的时候。

好罢，就送她去！就送她到她新爱人那儿去！我总是隐忍着一句话也不说，给她把行李收拾妥贴，陪她到了 J 城。

带均当然是很热心的，在帮着给她料理着种种的事体。大概是对我方面还要暂时掩饰一下的起见，她没有和他立刻住在一起，只在他底住所近旁租了一间房子，一面在女 Lycée 内边去报了名，说是她打算要好好地读书了。我把一切都尽可能地替她弄好了以后，大约是在到 J 城的第六天底早晨，一个人又跃入火车里边回向我底 M 城去。

不知道是什么时候在读歌德，曾发现了一句话总忘记不掉，意思是说人总是人，虽然有时受着一点理性底支配，终归会在感情之下低头——在我那次在 J 城底车站坐进车箱里的那个顷刻，真好像证明了这句话底正确，我忍不住靠在了车箱里的椅背上哭了起来……我也不知道我怎么能有那么多的眼泪，我忽然变成了那样一个弱者！我完全忘记了我身旁还坐着许多的人。一直到汽笛响了一声，火车开始移动的时候，我才像从梦中醒了转来。

若是"失恋"这两个字可以用来概括一切男女间遗弃的事件时（就是说不管事件底经过还加杂着有特殊的情形），那我当时的心情便是一种失恋的心情，这种心情之占据到我身上，这算是第一次。不消说在那一个顷刻，我是破碎了，几乎是完全破碎了！我沉在车箱里面看看窗外

三

的好像不停地向后飞去的那些房屋，树木和田野……我的眼睛在感着异常的干涩——实在我当时只剩着这一点感觉了，此外，我忘记了我从早晨起便没有吃什么，我不觉得饿，我变成了一个呆子……时节呢，那时正是秋天。天气是有几分潮湿，好像是还有些雨点打进了窗内。当到我稍稍地恢复了我底理性，我不自禁地在奇怪着自己：六天前在这条车道上和蕙云同车的时候，我是怎样的下了决心，一心想着只要把她送到她底新爱人底地方，我便可以卸掉责任，从此将会一身轻松；我是怎样的两眼盯着她，只感着一种没有什么话好说的嫌恶之情，好像反而愿意车力加速，早到 J 城，我的麻烦便可以早点结束……但是怎样，现在真的我得到了解放的时候却又是这样的伤感起来呢？这个到底说明了一个什么？和她一道时不能相安，她有了脱离我的机会正是很难得的事，并且我已经是彻悟到这一层了，同时我还是愿意她不要失了她底机会的；但是离开了她，却要发作神经病，却要闹失恋的把戏……这到底算一回什么事，什么事呢？——我当时还不知道分析自己底矛盾，只是感觉到自己的心境是太不可思议。其实，现在想来，我底性格一向便是徘徊于极端的理智和极端的感情之间，埋头于科学和向文学领域中的驰骋在那时是交织成我底生活的，实际问题的到来可以使我相当冷静地去接受该问题底发展，可是等到问题过去，就是说那段现实已不在我底面前，我便会被想的或是单纯狂热的感情所迷乱——这便是当新的社会科学还不曾到我底身旁来统一我的人生观时的我底精神状态。我在欧洲几年的生活就都是这种精神状态的脚本所演出的悲喜剧……

无论如何那天底情景总是我所不能忘记的。秋凉包围着向前冲去的火车，车头上的烟云腾到空中都散成黑雾。可是一时便又完全地消失了。这使我突然想起屠格涅夫底"烟"里面那位男主人公当一场欢梦完结后在火车中的绝叫。这正同我第一次和蕙云在巴黎旅馆中发生情欲关系的那夜一样，都是我到欧洲后生活起变化的关头：因为在和蕙云发生情欲关系的那夜以前我还几乎是一个保持着洁癖的人；而在这次和蕙云分离以前，在我过去的生命中还没有过被一个女性所捐弃的这种经验，我算是初次尝到从所谓恋爱得来的孤独的滋味……这是怎样也不能忘记的。

当我在为个人间所谓恋爱的事件奔忙——为一个对自己无诚意的女子奔忙的时候，M城底中国同学却正作着运动，作着为他们生活斗争的运动。

当时中国政府对于到外国的所谓勤工俭学生是声明了不许和其他的留学生享同等的权利的，但是那般官费生和半官费生由中国政府保送到外国，每年在消耗着大量的金钱，其实却多半是些只知道享乐，一点也不努力的人。勤工俭学生是永远不能够进大学，入专门学校和安心求学。为什么？因为他们没有钱。起初当那般有政治作用的名流发明了"勤工俭学"这几个字缀成的名词时，曾用广告式的宣传文字鼓吹着欧洲工厂的特别，说是到欧洲后可以在工厂中做半天工作，其余半天还可以进学校读书。及至后来实际情形摆在了那些抱着这种志愿到欧洲的留学生底面前的时候，那般名流又代表政府说勤工俭学生不宜和官费生或半官费生相提并论：因为官费生或半官费生是将来国家上层文化的领导者，到外国的目的便是求学；勤工俭学生却决不是这样，不过只是为到外国增一增见识，求学是够不上的——真是天晓得这个话会使所谓勤工俭学生的大众愤怒到什么程度！那些每月领着国家——他们唯一的幌子——底大批金钱的官费生与半官费生为的要践踏在穷困的勤工俭学生底头上以维持他们特殊阶级的地位，便和公使、领事，以及所有的驻在外国的政客勾结在一起反对当时勤工俭学生应得的一项公家的津贴。当时在法国各地特别是M城的勤工俭学生都是连面包都发生了问题，M

三

城底公学因为收不到学费，已经下了驱逐这般中国学生的命令，大家向中国在法国的官厅去求援却是得不到回声。这个逼得我们那一些立志要坚苦上进的青年不得不起来一致地取了斗争的手段——"面包""面包！""求学权""求学权！"一个空前的留学生底运动便在这种口号之下突然地发生了。

M城底空气变得异常的紧张，连城中的法国人都感到了不安，凡是在法国其他地方的勤工俭学生都聚会到M城在每天地开着会议。最后是大批的群众全体从M城出发到巴黎去包围公使馆。

那时在群众中的领导者之一便是向金绮。这个以后成为革命先锋的女杰在那时已经表现出她的能力与意志。她在鼓动着群众，推动着群众，她的演说，她起草的宣言，在那时已经是群众底兴奋剂了。我们可以说有了她，那时大家才能分外的团结；后来那些群众中的前进分子能成为革命中的重要人物，我们也可以说她是那个原动力中的成分之———这位女杰现在是死了，我想凡是那时和她一同作过那场运动的人，不管目前是不是站在她一向所站的立场，总该都留着她那可使人崇敬的印象的罢？……

不成问题，包围公使馆是没有什么效果。那正和历史上所有群众包围政府机关的事实一样，法国警察的队伍受了公使馆的请帖，用暴力把当时的群众赶散了，不消说在法国当局看来，那般群众一样是非常可怕，不管为的是什么目的，而采取的行动是一种相当有革命色彩的行动，这自然是会扰乱法国的所谓和平与秩序的——这个说起来真是一个很可奇怪的事体：曾经产生过近代大革命的种子的法国，现在社会上所具有的保守性却几乎是根深蒂固。我们可以看见法国资产阶级是尽管把身子缩进宗教的和国家的古老建筑物里面去；为保持那种建筑物，他们底脆弱真是表现到十二分的程度。从勃恩卡勒到白里安，他们浓厚的卷着的胡子所摆出的外表虽然都像是些时代的英雄，而其实胆量之小却是很够兜人发笑。革命发源地的法国却是比任何国家还要惧怕革命。

在那次包围公使馆的事件中，还有一件很有趣的故事。不知道是勤工俭学生中的那一位曾在公使馆底墙上用灰炭题了一首法文诗，诗底内容真把当时群众底心理表现得非常真实，并且技术还是鼓动的。我只记得诗底每节后的重句是：

Donnez-moi du pain，

Oh，j'ai faim, j'ai faim……

听说群众被赶散了以后，和当时中国驻法公使陈×有特别交情的法国某议员曾到公使馆去慰问，他读了那首诗，吓得像发狂一般地叫了起来，说那般中国学生都是些要革命的人，非赶快想方法对付不可。可是这位议员一星期以前曾在某处演说过，报纸上曾登载了他底警句。他在说他所以要爱法国并不是因为法国是他底祖国而为的是法国曾有过革命……这真算是把资产阶级底原形完全拿出来给我们看了！

那场运动既然失败，在理不能不另求发展：因为大家不能求学和没有面包可不是警察底一阵威风所能解决，这是必然的，群众不但不会分散，反而还要再寻出路。凑巧就在这个时候里昂中法大学成立了，这给了当时失败了的群众一个意外的希望。运动便是急转直下，大家从新集会，决计趁那般中国政府派送的中法大学底学生还未曾到校的时候先去占领那个贵族的校舍。当日决议，当日实行，大批的群众便又由巴黎奔赴里昂，一到里昂，便马上冲进了那个新落成的中法大学。

不过这结果是可以想得到的，中法大学中的中国官厅委定的办事人决不能让这般勤工俭学生来达这种激进手段的目的。当时中法大学底中国校务委员之一的褚××便通知了里昂底市政府，用一种"逮捕匪类"的名义，里昂底宪兵队立刻用囚车把中国学生从中法大学中拖出，押在

三

了一个军营底狱中。

当法国宪兵把中国学生一个一个地捉进囚车的时候，那位褚委员站在中法大学底门前旁观看，中国学生向他破声痛骂，他却只是微笑着点头。这位委员以后也成了伟人中的一个，我们在那流行于全国教育机关的名流讲演录中常看到他底伟论，他是在热爱着民族，不愿使本民族受一点异族的侮辱的。有人便疑心他有健忘的毛病，说他所以敢发那种议论，因为是忘记了自己过去的这段事迹。不过知道他的人却都对这个推测予以否认；因为当一九二七年政变的期间，他曾在从广东到上海的船上遇见了一位他认为是危险分子的某君，他和那人仅仅有过一面的晤会，而他竟能记了起来，到上海后报告给当局把那人处了死刑。他底记忆力确是很好的。

说到当时法国里昂底市政府，我们不能不有一种遗憾：里昂底市长是后来登过一次内阁总理台的艾里欧，这是一位在法国出名的社会主义者的左派，他不但对于那些中国穷困的学生不加以援助，反而还使他们当了好些日子的囚犯。并且，他的机关报纸记载这段新闻时，用"Bandits"这一个字去称呼那些群众，直到最后，他用了一种命令式的公文强迫着中国公使馆把那一大批人塞入载货的船舱里面从马赛一直送回中国。

我在这两次运动的中间不曾直接参加，但也作了些帮助的工作。我从J城回到M城时，被那种紧张的空气逼得暂时忘了自己个人间的烦恼，我尽可能地想在我当时所认识的所谓社会上有地位的那般人面前去疏通，好使勤工俭学生能达到他们的愿望，不消说我底力量都是白费了的，我一点也没有得到我想得到的结果。我没有陪他们到巴黎去，我只是当到听见他们在里昂被囚了的消息，才去了一次里昂，我本是打算去看他们的，却不料我到里昂的那天，恰恰是他们被解往马赛去的时候，我是一个人也没有会见。我在里昂只停了一天，便又折回了 M 城。

我到里昂的那天，正是中国底双十节。中法大学里面在做着很大的庆祝。那些从中国新到的留学生都在穿着很整齐的服装在那布置得非常华丽的会场中高声地欢笑。我参观了那个景象，我好像是沉在了滚热的水里，一股愤怒的血潮冲上我的头顶：你想，怎么苦乐便不平均到这样？同一个时候，有一大群想求学而不能够求学的人被人家像对待猪仔一般的赶到别处去，而这儿底人却在开展着他们愉快的生命。同样是中国底留学生，那一群便要被人家从这地方拖了出去，这一群却一点不拘束地作着这地方底主人翁，这权利的有无到底是从谁决定的呢？……

从里昂回 M 城的途中，我心中总在怦怦着两桩新认识的真理：第一，所谓国庆这种纪念和穷苦的社会是毫无关系，第二，到处都可以看见阶级底对立和敌视。

M 城是变得非常冷静了，大批的勤工俭学生走了以后中国学生便只剩到五六个人，可是就是这五六个人，在我从里昂回来后过了有两星期的时光，又都陆续地到别处去了。结果是只剩到我一个。

我跟着我的房东搬到 M 城底乡间去住。我底房东是一家三口的退了职的新闻记者的家庭：男房东约有五十余岁。主妇的年纪也相差不远，大概是患着 Hypertrophia Cortis，身体太过肥大，长年守在家中，不大出门，一个十八九岁的女儿主持着家事，同时几乎是整日地在奏着钢琴。这一家对待我算是亲切到十分，我的法文，可以说是他们教好的。他们和我的交情简直是由主客的关系达到很要好的朋友的程度。我的房租有时可以欠到四五个月。他们知道我和荔云闹了问题，想了许多的方法安慰我，甚至把我和荔云同睡的床换过，希望使我的心境转变到恬静的地步。他们作饭给我吃，饭钱算得异常的便宜。

我只复了荔云一封信，一封答她说她在 J 城还想念我（只有她自己

三

知道她这话是不是真的！）的信。我劝她努力于她底幸福，不要把她底心分一点到我身上来；我说我相信我不会被痛苦征服到怎样不得了的境地，科学当能给我新的前途。如我所预期的一样，这封信去后，从 J 城到 M 城的邮局便再没有为她和我忙碌过。

我完全沉在寂静的生活中了。我把我底心极力凝冷成了化石，我寻味着孤独的寂寞在苦恼我的时刻所带来的那种似涩似甜的滋味，我认识了忏悔的回忆和所谓默想……

M 城，刚才还是布满了东方未来革命者斗争的呼声的 M 城，忽然便平和得一无所有。我从我住的乡间的地方向那城市的中心望去，就好像是对着一处奇迹消歇了的圣地。作我寓所的庄园底环境把一种迟缓而倦怠的情绪送到我底心头，一望无穷的 Marronoiers 树林底秋风在吹着我。这使我感到了我从此是要降到消沉的空气里面去。我一面想抵抗这种生活方式，一面却不能自禁地被这种环境所折服……一月又一月地这样住了下去，我好像看见我底生命在我面前悄悄地滑过。

四

　　但是这时期我底乡居生活是值得一记的。在那幽静的庄园中我算是度了些有诗意的时光。房东的图书室供给我读了许多知识上的美的原料的著作物，房东底年轻女儿给我添加了比已往更浓厚的音乐上的嗜好和素养，同时又教会了我跳舞。

　　我的房东摩莱先生是一个具有自由主义者思想的人，又因为是新闻记者的缘故，各种书籍，他都应有尽有。我在他给我开放的他底那些装钉得非常考究的图书中读了我当时专门研攻的范围以内的法布尔的"昆虫记"，其次，托尔斯泰的法文译本，雨果、拉马丁，一直到罗曼罗郎……

　　房东女儿马格里特姑娘底面庞带着有几分苍白，身裁是法国人常说的 délicate 的一类，甚至会使人怀疑到她有肺病的征候。她几乎是不多余谈话，一双碧蓝的眼睛常盯着她的乐谱，好像要在那些复杂的音符上去寻她心中想流露的言语一样，这位具着艺术家才能的姑娘在明白了我和我那由中国相偕同来的女人分裂后再没有和好的可能的时候，便立刻用一种引人去与她特别接近的柔情款待着我，常常，几乎是每天，她总叫我到客厅中陪伴着她，那儿，在摆着她底钢琴。

　　幻梦的情调带着袭击的情势来笼罩着我了。那位肺病式的少女用音乐的律动把伤感和情热两方面的血液注射到我底青春的灵感之中：不消说伤感是支配了我当时心间底跳跃同时成了我后来许多诗歌的制作中的一些成分，但情热却给了我以较大的魂魄，使我奔放的胸中涌起了永远地驰向崇高的境地的欲望。

我站在她底身旁看着她按动她底琴瓣，当她奏出了凄楚欲绝的调子把客厅中的空气振荡得好像起了幽暗的波浪的时候，我底呼吸便停窒得几乎反不上来；一曲终了后，一切都黯澹而沉重，由邻室传来了摩莱先生翻阅报纸的沙沙声和摩莱夫人的呻吟，简直使人感觉到那座庄园是矗立在另一个世界，可是当她奏起了悲壮的调子，我底神经便颤抖得非常厉害，一直到她的手已经停了很久，我还被陶醉的状态侵占着，我眼前的事物都消失了踪影，我神游在许多浪漫的，悲剧的景象里……

由她，我从新认识了瓦格奈、萧宾、顾奴，并且到桀易苛斯基，她还把她才死了的一位德国教师遗给她的一箱研究高深音乐的书籍打开给我看。我从那里面选读了几本专门的讲义，凭了那位不可见的音乐家手做的标记和注释，在我能力底范围以内我得以懂得了一些和声学的秘诀。

我第一次知道了人体和音乐的融化：她用手牵着我去踏那有节奏的脚步：就在那铺着花砖的客厅之中我明白了什么是 Valse，什么是 Tango……

这样，我度过了一个秋季和一个冬季。

可是这种优美的，安稳的隐居，在我并不能继续得长久。一天，忽然发生了一件事情。

是在一个黄昏的时候，客厅底窗外正落着春雨。马格里特姑娘倚在一张长沙发椅上，手里拿着一本谬塞底诗集。椅背后面站着我，把腰弯了下去，下颔几乎偎在她底肩头。我们合读着一首诗。

在这种情景之下，把我底地位换给任何一个青年男子，要说是不起一种情感的冲动，那是不可能的。在她，也是一样，甚至比我还要厉害：她的心脏底跳动简直逼进了我底耳朵，她读诗的声音一直颤抖到不能够再读。结果是抛开了那本诗集，用她那一对在我看来是 exotic 的眼睛不停地注视着我。不消说只要我底头和她底头渐渐地一合拢了起来，一个情爱的关系即刻便可以成立了。但是在这个时候——我希望读者相信我！——我却突然被一个反省的观念捉了回去。很快的我想到了我的前途，觉得自己不应该再沉迷到情欲中去，并且根据自己目前的身世，实在没有替这位异国的有闲阶级底少女选择命运的能力……虽然我一面被青春的热血燃烧得几乎不能够支持，但是终竟在一种 Stoic 的自我克制的状态之下决然地把身子移开去了。

我留下我年轻的女居停主人在她底沙发椅上，低着头默默地走出了那个魔术的客厅。

无疑地我当时的心情还保持着一点过去的所谓纯洁底残余，翡云给我的痛苦也还没有到使我完全颓废下去的时期，我还在极力振作着我底生命，不肯再招惹一次难以收拾的烦恼。同时，很明显的，那位姑娘底生活地位是和我太不相称，我不愿意去欺骗她。

可是就是因为发生了这件事情，我底房东女儿和我之间便起了一种隔阂。她总是在避着我。这使我为要免除麻烦起见不能不打算离开这个地方。恰巧忽然出我意料之外地翡云来了一个电报，促成了我和我这段生活的告别。

翡云底电报是从 S 城发出的。电报上的意思是说她独自一个病倒在 S 城，她用了 "Miladie dangereuse" 这两个字，她要我即刻去看她——不用解释，她一定是又和带均分裂了。这正像起初她在巴黎旅馆中和广季分裂时的情形一样，又要我去作伴她临时的孤独的人了。在理，我不应该再去管她，这分明可以看出她始终是在把我当作了一个解决她底空虚的工具的。不过，当时我虽然明白了这一切，可是我底心却被一个念头兜得放不下去。我怕她这回真是得了重病，那她一个人住在一个生疏的地方将会活活地苦死，这在我一向和她的关系上似乎不应该坐视，并且我已经对她牺牲了许多。现在在她最苦的时候难道至少连去看她一次都不肯吗？……于是我便接受了她电报上的要求，决计到 S 城去。

这正是脱离目前环境的机会，我想我再不应该消沉下去，至少应该觉得 M 城对我已没有多大的意义，我需要另外换一个环境。S 城距离巴黎很近，我计划定到那儿看了翡云以后，便在巴黎去住一个时期。

好，别了，M 城！别了，幽静的庄园！别了，别了，亲切的房东夫妇和给我生命上留下一段青春的少女！……我带着惜别的心情，结果和我简单的行李一同上了火车。

我是怎样也没有想到还会去和翡云晤面……我的更放荡的，更流浪的生活从此便开始了。

世界却总是热闹的。那地球上唯一的社会主义的国家这时正在发生着重大的变故：在他很艰苦地从列强的封锁中才挣扎出了一点自由的期间，忽然被大的饥馑的天灾所困，一个几乎是空前的悲剧在掩盖了人类才开始的曙光。这消息是震撼了所有的国家，各处底报纸都在排上了最大的铅字。在这整个宣传之中，两种代表阶级的言论都呈现在我们底眼前：我们一面可以看出劳动阶级的血泪，同时另一面也可以看出资产阶级的狞笑。

立刻，一个转变的事实又把空气给改换过来了。各国的劳动阶级终不肯使资产阶级的狞笑演出胜利的荣耀，在一种热烈的援助之下毕竟使他们饥饿的兄弟们脱出了危境。同时，适应目前情形的新经济政策露了面目，果然恐慌是渐被征服，而各处底报纸遂又都另变了调门，把这一事件用成讨论与记载的中心。

关于这层，当时曾激起了许多的政治经济学专家在发挥着意见。那般资产阶级底代言人因此煽动地说苏俄是投降到他们底膝下，遂证明了社会主义的破产。对于这种胡说的议论予以打击的不消说有一般正确立场的论战家，他们在敌人和热情的群众之前说明了这一经济政策之不可避免，同时把应努力于注重城市无产阶级势力的这一目标提出以解释苏俄之决不因此而有落后的危机——这个，在这儿似乎应该容许渗入一点批评性质的插话：这般论战家在当时因为有列宁底指导，得以发表出至当的言论，特别是能够把在这一退守的经济政策之下必需注重的一点揭示了出来。可是当到列宁死后一九二五年的退守又退守的最新经济政策底实行以及一九二八年前后政府与富农底完全合作，总之斯大林之放弃注重城市无产阶级势力这一目标而一任由此政策所给与的国有机关官僚化的等等流弊发展着的时候，这般论战家便不能够站起来说一句话了，并且，这般论战家甚至还一变而为放弃自己所说的那种最大的目标的人的拥护者，这真是个滑稽的事实！到底，是什么使这般论战家竟能这样的健忘的呢？……

不过，无论如何一九二一这一年在整个人类创造文化的历史上算是一个重大的时候。这时期中使我们得以测验了各国劳动阶级对于苏俄实际同情的程度，而新经济政策之这一退守的步法也形成一个由实验而得来的教训，再进一步，这个由列宁精密地设计出的退守的步法竟成为后来他底门徒们去发展右倾的根基，而就是根据了这个重心，以后才演成了苏俄政党的论辩以至分裂……无论如何，这一年是人类历史上一个有各方面重大意义的时期。

世界总还是热闹的。帝国主义方面继续不断地在努力着本身的恢

四

复。在凡尔赛会议中未曾得到领导权的美国这时便以华盛顿会议的名义去向各国号召：这一实际上为对付日本的军备制限协定的会议果真是轰动了一时，而表面上所以能造成这一轰动的原因除了那位作各国债主的这个会议的号召者是打着维持国际和平的招牌以外，还在他用了援助弱小民族的装潢的骗语以引起各地底注意，这个特别是中国，一般资产阶级的自由主义者和小资产阶级简直幻想到了中风发狂的地步。

由中国国内寄到欧洲来的印刷物上可以看出当时中国的上层社会对于这个会议所存的奢望的情形，好像中国一切被压迫的问题都只有在这个会议中才能得到解决，好像中国以后的解放就是完全靠着这个会议，许多的团体都在临时发生，每个团体都在向欧洲打着电报……欧洲各国底报纸也在它们互相玩弄暗斗的把戏的余兴中谈到中国。说话的人都是政治上的名手，自然是一致地在说着假话，表示着愿意对中国予以援助，表示着没有谁不肯在当时主张正义的呼声最高的环境之中给弱者的中国以恢复平等地位的机会——这些假话算是到华盛顿会议闭幕的时候才在中国资产阶级自由主义者和小资产阶级底面前渐渐地失去可以相信的成分，而那般写这些假话的人也是一到华盛顿会议底闭幕便渐渐收拾起他们底假面具了。并且，算是一直到了后来"五卅"事件底发生，这种一面迷信一面欺骗的局面才可以说是完全破坏：一直到了那时，那般写假话的人才不再维持一点和对方敷衍的伎俩了……这个非常有意思的，只要你记到那般人底名字。

但是在当时却是一片梦境罩着大地，弱小民族们尤其是中国是在做着不能实现的幻梦，帝国主义者是除了自身也在互相做着梦而外还制造出些梦送给弱小民族。电报、报纸、讲演、小册子……一大堆的梦话……

在这热闹的世界中我走上了我底不安定的人生的道路。我也好像是在作梦似的终于又会到了蕙云。

　　现在我还可以很清楚的记得我不知所措的那种神情，我是几乎被她弄得要惊倒了。她一见了我便嚎啕痛哭，她抱我，跪我，向我忏悔，说她从此一定从新爱我，只望我答应再和她和好。并且她立刻就要我答应她，同时还加了一句：假使我不答应她时，她便死在我底面前。她一面说着，一面便把头向墙上去碰。这甚至把她寓所底一位老女人的房东吓得跑到她底房间里来……结果是我被她逼得没有方法应付，只得答应了我可以在我能力的范围以内继续从前帮助她的义务，可是我怎样也没有想到：当到她这样取得了我这个允诺以后，才把她需要我尽力的一件事情说了出来——你想是一件什么事情呢？真是我脑筋中连闪也没有闪过它底影子的一件事情！原来她是怀了孕，怀了两个多月的孕，要我替她想一个解决的办法……这真是，叫我哭都哭不出来的一件事情！——她电报上的话不是假的，她倒真的身上有了"病"了……

　　不用解释，她肚里的未来的孩子由时间证明了不是我的。据她说带均因为和她的结合引起了供给带均生活费的某名流底反对，曾经几次想和她分开，及至她怀了孕，带均便更不愿负一点责任，因此她负气离开了 J 城。她手头是没有钱，她不断地在说着要我救她。

　　这真是——我不知道怎样说才好—— 一个天外的石头落在我底肩上了！我还记得我当时是完全失掉了思索，我发痴地坐着，任她在抚摩着我，偎靠着我，我没有感觉，我不能说话……

　　但是我已经答应了她了。我是只有放弃立刻往巴黎去的计划暂且住在 S 城给她服务——自然，我知道这个差使是很不容易当的。同时，若果我硬要撒开手时，她也没有强迫留住我的权利，不过当时的我，当时好像被一种唯心哲学的道德观念支配着的我，却来了另外的一种想法：我以为自己对别个答应了的话就应该遵守的，即使我要经历许多的

四

037

烦难也得去做；还有翡云固然是对于我只能送些苦痛的礼物，就是说她和我之间已经没有了人生的希望底影子，但是无论如何她目前的景况总是陷在了没有一点虚饰的困难中间，这个在我决不应该避开，不消说我这种想法表示着我底简单和我的糊涂，我一点也没有向这个反对的方面去想，就是：应该把个人间没有多大意义的所谓信用的观念丢开，把建立在情感上面甚至还有一点是建立在恋爱至上主义上面的人道观念丢开，应该不要使有用的时间不断地浪费——我一点不向超出个人领域以外的方面去想，就懦弱地，无抵抗地，又来了一次对于她的服从。

即刻，很严重地发生了问题：她底孩子是准备生出来呢？还是准备不生出来呢？要是准备孩子不生出来，当然除了打胎再没有别种办法？但是，打胎，这却不是开玩笑的事！我对于这个可以说是一点也不懂！我在学着化学，学着生理学，对于这个却不能够提供出一个有把握的方法。要是准备孩子生出来，那困难想起来都令人害怕：要生的时候怎么办？生出来以后又怎么办？并且，目前就是难关，我手头有的钱仅仅只够敷衍我自己两个多月的生活……

翡云很坚决地说她不愿去做母亲，要我最好还是替她去找医生问打胎的法子，我依了她底意思去做，先去问了几个 S 城的医生，可是都没有得到结果。他们异口同声地回答我这是法国法律禁止的事，他们是绝对不能够告诉的。随后我又写信给 M 城我认识的一位医生，请他站在友谊上给我一点援助；可是回信上写的却也同 S 城那般医生口中讲的一样，并且他还多余加了一点意见，要我千切不可使孕妇故意去作激烈的运动，因为那样堕了胎，法国底法律也将不会容赦。这真使我失望到万分，我底头有些痛起来了。

就这样过了一个月的光景，我还是为打胎的法子忙碌着。最后，我忽然想起了我初到巴黎住的那家小旅馆的老板。那个老板有一个兄弟，是在当着医生，并且还是妇科。在我第一次在巴黎只住的那很少的几天中，那个老板常常用英文和我攀谈；以后我又在由 M 城到里昂去的车中遇过他一次，我想就凭这一点过去的交情到巴黎去访他，那人好像是带着有几分流氓的派头，或者可以由他设法，在他兄弟底面前问出一些什么方法来。同时，我还非到巴黎去一下不可的便是我底财产已经剩到最后几个零碎的数目了，我必须去找几个中国朋友借些钱才行——不过这儿有一点或者得加个不必要的说明：我不向我认识的几个学医的中国留学生去领教我急于要知道的事体，是为的要保持着秘密。在蔼云，在我，都是怕把这件事传到那般每天惟恐找不到笑话去谈的留学生们底耳朵里面的。

于是，我跑到巴黎去。

巴黎对我还依然是生疏，好在我还记得于那前住过的那条不出名的街道底名字，我算得终于找到了曾经容纳过第一次作巴黎底客人的我的那家旅馆，可是情形来得太不凑巧，可以说对于我是太过不幸了：那家旅馆虽然还照旧存在，但老板却是在几个月前便换了人。而最使人感到绝望的是那位新老板一听到问起旧老板时便立刻沉下了脸色，只用"不知道"一句简单话拒绝了所有关于这方面的问讯。这使得我只得断念了从这个旅馆去达我底愿望的心事。我于是决定在巴黎用一两天的时间去试找几个巴黎流氓式的医生看有没有告诉我那个神秘的方法的人。

结果我底幼稚的奔走还是没有获得什么，我只算空忙了一场：那些巴黎流氓式的医生更是把嘴闭得像贴了封条一样，他们连"这是法律禁止的事"的这句话都不肯说，只是把头低了下去，做出似理不理的态度；有的却和我开起了玩笑，说谁能使他成为一百万财产的富翁时他便会告诉谁……还有一个最可恶的老医生，他知道了我是中国人，竟然挖苦地说："把你们底燕窝拿去给孕妇吃就行了！"这侮辱几乎使我要打

四

那个坏蛋的耳光，结局是大大地吵闹了一阵……

我知道是无法可想了。我便决计把这件事放下，且去进行借钱的事。

可是借钱也是一样的不顺手：我去找一个和我同船到法国的朋友，不料他却因为得了神经病，住在病院里面；又去找一个在 M 城认识的同学，却又适逢他自己也是在困难的期间，当我才跨进他底房门，恰巧便看见他底房东正在向他发脾气，因为他已经拖欠了三个月的房租了。我是丧气得很。终于，算是我又想起了和那位国家主义者曾暨最要好的马安源，在 M 城时他曾经问我借过钱，现在我当然可以去问一问他，又算是费了很大的力量我才间接又间接地探出了马安源底住址：他是不在巴黎，而在封丹布露，我只得又由巴黎到封丹布露去。

曾暨底朋友的马安源，不消说也是一个国家主义者，他底派头处处都是在学着曾暨：一样的喜欢在人面前冒充前辈，一样的住在法国而不学法文只每天地做着中国旧体的诗词，总之是和曾暨不相上下的一个古董人物。他见了我，表示出了他的欢迎，也不让我在他底住所稍坐一刻，马上便邀我去游封丹布露底皇宫，可是等到到皇宫门口买游券的时候，他却说他忘记了带钱，要我先代他把钱出了再说。我记不得每张券是几个佛郎，仿佛记得是去了我所剩到的旅费底十分之六的数目。我简直没有心情去详细参观那座占据着法兰西悠久的贵族历史的殿堂；拿破仑的遗迹，娄叟与蒲里玛狄斯底艺术都没有引起我一点兴会，从皇宫出来了以后，我便把我到封丹布露来的目的告诉我眼前的系着我唯一希望的人，可是不料这一来却像是刺破了他底神经一样，他不回答我底要求，只很愤慨地一口气讲了约有二十分钟的他底困苦情形，刚一讲完，便伸出手来和我握手，说他因有事不能陪我，即刻转过身子走开了。

我一个人在封丹布露底街上彷徨着。我骂着国家主义的伪君子，我诅咒着我底命运。这样，正在无可奈何的时候，忽然一个穿着军服的中国人在叫我，这原来是孙××，一个我在 M 城认识的中国军官——这不期的遇合才算使我得了救。

这位军官在清末时便是由段祺瑞派送到法国的，这次算是第二次又由北京陆军部遣送出洋调查军事。他是一个四十岁左右的老留学生，讲着一口很漂亮的法国话。他过去之所以到 M 城，是为去调查 M 城的军用飞机演习所，他竟然能同一位法国军官底夫人勾搭了起来，凭着她底力量偷了许多军事上的文件；他还找了一个在 M 城的穷苦勤工俭学生替他把那些文件录写了一遍，他曾经很慷慨地给了他底录写人一些丰富的报酬。他和我的认识本是很偶然的，开始只是在 M 城底一家餐馆中碰见，因为通了姓名以后，他说他订阅过我从前在上海所办的报纸，于是便来了一些较为接近的谈话，第二天他便去访我，接着，我们来往了一个很短的时期。

这不期的遇合使我得了救。我向他告借了三百佛郎，同时还蒙他招待到他在他游历封丹布露的旅行中所住的旅馆里面去用了一餐。

事情来的都渐渐有头绪了：我又在封丹布露底车站附近的一条街上找到了一个医生，算是得了些不是我原来所希望的——不是打胎而是处理一个私生子的办法。

我找到这位医生时的情形是很有趣的。我在和那殷勤招待我的军官分手了以后，便决定立刻由封丹布露直接回 S 城，因为还得等半个钟头才有火车，我便在车站附近的一条街上散步。突然一个医生诊所的招牌出现在我底面前。人在身上负着急于要解决的事件的时候往往会特别地神经过敏：我看见那个医生诊所中走出了一个很像怀着孕的女子，可是她底年纪很轻并且还是未曾结婚的打扮，这个，竟使我推想到那个诊所是个可以开秘密药方的地方。我走进去，一个五十多岁的医生在接待

四

我。他首先便问我底国籍，我因为得了上次的教训，便欺骗着说我是日本人，带着试探的口气，我把我所要求的事说了出来，可是不提防那位医生变了他底脸色，厉声地向我喊叫：

——难道你来到法兰西，却没有学过法兰西的法律吗？

我对于这种态度当然是不能忍受的。

——我并不是为学法兰西底法律才到法兰西来的，先生。我也相当大声地回答。

——好！不学法兰西底法律！那么你来到我们法兰西就应该作犯法的事，是不是？……好，你不学法兰西底法律！那你就不要到我们法兰西来！……你要知道我是当过军官的，（原来他当过军官，我心中说道，今天真是和军官结了不解缘）大战时我在前线上医好了许多伤兵……总之我是始终为我们法兰西服务的法兰西人，就是说，我是个国家主义者，（又是个国家主义者！）我最恨的便是不知道我们底法律的外国人……尤其是像你们日本，处处都想学 Boche……你懂得吗？这是我们叫德国人的名字：Boche！……你们只知道学 Boche，日本人，到我们法兰西来而不学我们底法律！……

他最后的话使我忍不住暗笑了起来：随你怎么骂，总是骂的日本人，一点也和我不相干的。

我猜想这位老头儿是在发疯，我便忙抽身要走，可是不料他却留住了我：

——年轻人，不要生气。我并没有说我不给你帮忙……孕妇是你底甚么人呢？

我只好说孕妇是我底一个妹妹。

——那么，好，他说，你是要救她……这个我当然可以帮忙。年轻女子遭了这样的事，没有人援助，说不定会发生不幸的结果的。我虽是抱着国家主义，但同时也是人道主义者……不过，像你所要求的那种犯法的事却是办不到……

于是他接着说他底总诊所是在巴黎，要我先回去好好地招呼孕妇，等到要生产的时候可以到巴黎去找他，他会介绍一个很稳当的产婆，同时，他会和孤儿院把交涉办好，孩子一生出来，立刻谁也不会晓得，便有人会从产妇底床头把那小生物抱到孤儿院里面去……他还做了一句结论道：

——这样对于你是很干净，对于我也是应该做的事。

他把他巴黎住家底地址写给我，说是在等候孕妇分娩的期间，有什么需要问他的事情尽可以写信给他，他是一定立刻答覆的。

就这样算是又在这一位军官底面前把这件事弄出了解决的办法——不消说我是只有完全放弃原来的希望了——于是我抱着在那种境况之下的一个相当满意的情怀回到 S 城。

不过我总反复地想着那个半疯人的医生所说的一句话："这样……对于我也是应该做的事。"——这句话里面好像在藏着有一个谜，一个很大的谜。为什么这样是他应该做的事呢？难道法国底法律有这么一条规定，医生得秘密地给人管私生子的事件吗？我把他这句话连系到他说的"人道主义者"的那个名词上，先似乎觉得是可以解释，可是即刻我就打消了这种见解。最后我终于思索出他底真正的意思来了：不消说他这句话和他说的"人道主义者"的名词是一点也连系不上，却是和他说的"国家主义者"的名词有着关联的，大战后欧洲各国对于人口的重视，实在并不是站在什么人道的观点上，只是，为蓄养他们第二次战争时的兵士。一面，在帝国主义者努力于大战后产业复兴的计划之下，也不能不需要着多量的为他们出血汗的劳动者（虽然事实上却是失业者一天一天地增加）。这自然是不成问题，尽管有外国人来给他们遗些人口，

四

特别是没有人去领取的所谓私生子，那他们会尽管十二分的欢迎。因为在他们看来，这是一点也不含糊的最便宜的事体了——这个，便是那位爱国的医生所谓要给我帮忙的本意，真的你以为国家主义者底字汇中有"人道主义"这个名词吗？……

到 S 城以后，我只有遵行着那位医生所参谋的手续；我陪伴着翡云，忍耐又忍耐地住了下去。

在这个期间，翡云对我的态度是怎样呢？她是在用了种种的方法总要唤起我过去同她开始发生情爱关系时的回忆，她有时可以在我面前哭到一天不停，她自动发誓地说她决再不像过去那样不自检点……她努力地想要和我完全恢复已往的形势，已往的生活状态——无疑地，这在她只是一个幻想。且不要说在我方面已经对她是失掉了所有的信心，即是在客观事实的经过上来说，也没有一种可能使得我愿意回到过去。为了这样，所以这个期间的空气是不愉快到万分：我是不断地烦燥，她也是被唏嘶太厉占据了她日常生活的一半。

我没有和她同居，我很简单地一个人住在一家店铺底楼上。我每天去看她一次，有时和她一同吃饭，这种生活，这种维持一对男女底莫名其妙的关系的生活，和她继续到她要生产的前一个月的时候，我送她又到了巴黎，才算完结。

五

——这儿统统算好了：除了收过的一百佛郎，还欠着一千零四十佛郎……

我面前站着一个高大的法国妇人，穿着一身黑衣，脸上露着巴黎式的狡猾的表情，手里拿着一张帐单给我看，这是服侍翡云生产的产婆。

爱国的医生热心地介绍的这位产婆，是兼作着一种寄宿舍的生意的。她把翡云当成了一位到欧洲游历的东洋资本家底小姐，房子、餐品，都按照着上等的水平去布置，再加上医药和服侍的人工，每天平均是需要着六十佛郎。翡云是生产前后共住了有半个多月的光景，结果，便是一笔惊人的帐目。

不消说产婆是和那位爱国的医生串通好了的，他们一定是看穿了我和翡云这两个不懂事的外国人，利用了我们要秘密的弱点，就顺手敲了一笔竹杠，这个自然我心里是明白得很，不过同时，我心里一样也明白不能够和她争执什么的。我把我几个月来到处借得的钱和我投稿给 M 城底一家周报（这是 M 城底房东摩莱先生给我介绍的）所得到的稿费统统给了那位产婆。

翡云生了一个女孩，当天就被孤儿院抱了去。对于这个在她未到这世界以前便先决定了她底悲惨命运的女性，我是完全没有见面。就是翡

五

045

云，对于自己底可怜的女儿，大概也没有看得清楚，我只由蕣云手中看见了一张孤儿院交给孤儿的移交人的证明单，那是准备和孤儿有关系的人探问时用的。蕣云在那张单上给女孩起了一个名字叫作"Barrie"，这便是母亲对女儿所尽过的唯一的义务。无疑地，蕣云是没有到孤儿院去探问过；那张证明单不知道以后是不是存在，或者蕣云在自己屡次生活底变化中间为方便起见，也竟把它毁掉了罢？

女孩自然是以后谁也不会知道她的消息，能够想到的便是她也和其他的孩子一样，跟随年复一年向人间展笑的春光增长着她底年龄，她底智识，她的容貌，悲惨的命运却决不能妨止她的成长——这是应该感谢"自然"的！——也许她是一个聪明的，勇敢的，甚至是动人的姑娘……现在，当我在写这几行的时候，算起来她已经有十岁了；若是她还存在，就是说悲惨的命运若没有滥用它的权力时，那巴黎底工厂中是就快要多添着一个奴隶：她是快要为法国资本主义去服务，快要开始在那一群和她同样地位的工人中去搅耗她年轻的体力和年轻的血汗的了！——这个女工将来的前途是怎样？谁知道呢！或者是和某部分受现社会压迫的人物一样，无意识地堕落了下去；或者有可能遇到某种人底引导，走向另一方面，甚至将来在法国必然的大事变中间能作一些相当有意义的事体，表现沦落的劳苦群众底灵魂之一点星火……这些谁知道呢！

蕣云这时决意要去里昂，她底理由是她在巴黎熟人太少，里昂有她许多同乡，可以去设些法好维持暂时的生活。这是真的，我替她处理完了她生产的这桩大事以后，我手头是已经到了十二分贫乏的地步，连我自己底生活也马上就要成问题了。大概是在她出了产婆底优等旅馆后再过了一个星期的样子，她便照她底计划动身。我在巴黎车站上送她时，她再三地叮咛着要我不久便去看她，并且用一种女性特有的伤别的惨澹表情，她颤抖着声音对我说：

不要只记我底过去……我以后一定会抵抗一切诱惑……只要你不放弃我，我是决不会再使你受痛苦的……

我和翡云的戏连续地演到这儿，可以说是达到了一个顶点了……

翡云走后不久的时候，很突然地，我接到一封带均由J城写来的信，这信叙述着他和翡云接近后所惹起的各方面对他攻击的情形，他把那些攻击的声音综合起来反投到几个人底身上去，他说那便是攻击他的主谋者之一群。他所举的几个人的中间曾暨也是一个，还有些是"少年中国学会"的会员，最要紧的是他露出了一种对我的怀疑，仿佛是自从翡云到J城去了以后，我便间接地制造了一些使人得以攻击他的空气。他特别指出说他所举的几个人都和我认识，接着就说我应该替他作些名誉上的辩护，并且加上说我所处的地位和我初到巴黎时他对我的友谊都是促成我为他尽这次义务的理由——这是很明显的，带均是很聪明地定下了计划：翡云既是已经和他脱离，当然尽可能地把过去的一段历史在表面上洗刷干净是最好的事。至于担任洗刷的职务除了我又是再没有适当的人物，因为由我出来否认他和翡云的关系，那才可以使别个相信。同时，还有翡云生下的孩子的问题，带均一定为这件事感到了很大的忧虑，在他想来也只有由我出来这样的说一番话才可以免去将来对于他的麻烦。不过，我必须声明，当我接到带均底信的时候，我却不曾立刻观察出带均底这些用意，因为他底信写得是太过动人了。带均一向并不长于文学，可是这封信却好像是烟士披里纯了的作品，他用一种有色彩的伤感主义者底鼓动手法在刺激着读信的人（可惜的是我把这封信失掉了，不然，我一定把它公布在这儿）。我是真的被他打动了，被他底艺术打动了。他底胜利就在使我在那个刹那好像忘记了他所有的过去的行为，同时使我心中为他起了一种不平的义愤。几乎是顾不得用一点时间

五

去思索，我便作了一件很像是带些诗意的理想主义同时却也不可否认是散文的拙笨形式的事情——我很快地依了他的要求，给他所举的几个人每人写了一封信去。

在那几封信中，我出了很大的气力给带均辩护，并且尽我感情能冲动到的都以感情去代替了一切应说的话。我完全没有想到将来和人结怨的这回事，公然把一种曾引起对方狂怒的责备一点不客气地掷向那几位很顾面子的留学生底面前去。我记得那几封信中责备的最厉害的要算写给曾暨和一位我在上海办报时的同事叫作罗余岑的两封信。原因是曾暨一向爱管闲事，并且常常以旧道德的立场没有选择地骂着别个，罗余岑则是一个曾暨底纯粹拥护者，一个曾暨底留声机。

其实我所以能那样愤慨，现在想来，主要的还是我意识间很久积压着的感情底爆发，我是一向便看不惯那般留学生底虚伪的行动，自从那一大批勤工俭学生被强迫送回国了以后，在欧洲底留学生除了极少数是思想前进的分子而外，其余的多半是具着整个前世纪的头脑的人物，而其中最使人起反感的便是曾暨一部分人和"少年中国学会"的会员，（曾暨和"少年中国学会"，是有最密切的关系并且隐隐地支配着"少年中国学会"底全体，像周虚成、汪广季，几个"少年中国学会"底重要角色都是在把曾暨当作唯一的偶像的）。这般人在当时留学生中算是处于小资产阶级的地位，一面和名流，政客，官费生有着勾结，一面又和勤工俭学生相周旋。在一种中间地位所养成的相当势力之下，他们好像俨然自居为裁判官一样，常常很严厉地抨击着别个底行为。可是他们所抨击的从来没有名流、政客、官费生在内；同时他们自己底行为也并不比他们所抨击的人好出了多少，所不同的便是他们许多事都是避开人做，而别个则是完全公开——就只是这么一点。

关于"少年中国学会"，在这儿不妨多说一点。这个团体，在

"五四运动"以后算是震撼了一时，当时知识界对它的理想几乎是达到了最高的程度。但是现在我们回想它到底有没有作过些甚么重要的事情呢？这个我们可以很快地回答：没有；除了一点零碎的西洋资产阶级底学说的介绍，甚至在那学说本身上还不曾弄明白的介绍而外，什么也没有。这一个纯粹小资产阶级智识分子底集团，所坏的就是没有中心的主张。在当时某名流提出的"多谈些问题，少谈些主义"的口号之下，的确是造成了一种空气，"少年中国学会"便是这空气中的最具体的产物。不用解释，这种口号只是资产阶级自由主义者欺蒙群众的呼声，这儿是流露着不愿推翻现社会经济制度的明显的表示的。当时中国是承继所谓"戊戌变政"而更进一步的资产阶级底大规模文化运动的时期，新兴阶级底政党还没有正式产生，一般小资产阶级自然只有跟着资产阶级自由主义者前跑。这种集团之不能独立和立刻要陷于分化在老早便可以看出来了。最有趣味的是所谓"少年中国学会"底会章上面印着几项空虚的，观念论的抽象名词——"纯洁""奋斗""互助精神"等等，作为会员同志底信条，并且周虚成还做过一篇文章，认列了好几条青年应守的道德，似乎特别把"纯洁"一个名词使劲地解释了一番。汪广季也很夸大地发表着言论，说若是青年离开"少年中国学会"那样"纯洁"的团体便再没有出路……在当时自然会有一部分人去听这类的话，甚至竟制成了一种表面的势力；不过，团体由它底社会基础而得的必然结果却一点也没有受这个底影响。一到新兴政党在中国抬起了头，"纯洁"的"少年中国学会"便立刻由分化一至于殂落。这时智识分子也开始明白了不谈主义，只谈问题是得不到甚么解决的。于是，首先"少年中国学会"底领导者之一，后来在北京惨死了的李修昌便坚决地放弃了"少年中国学会"，去作另外有意义的活动。跟着便是一大群人脱离了这个团体。结果是除了几个不管事的分子以外，不愿退后的分子都去加入了新

五

兴政党，不愿向前的分子都归到曾暨领导的国家主义的旗帜之下。

在我，起初是和这个团体曾发生着友谊的关系，原因是它的几个重要角色之中有一半便是我在上海编辑《救国日报》时的同事。不过，那几位同事却在很早便露出来了和我思想上的分歧。最显明的是我和他们同主持着那个以单纯的爱国宗旨去号召的报纸，可是我却在那报纸上发表着社会思想的言论，同时还作着工会的活动——虽然那些言论本身底时代是在成熟以前并且那些活动也是被稚气和无理解所充满，但是谁也不能不承认我是已经有了一种和当时环境正相反对的意识了——而他们则是完全抱着"爱国"的斑剥铜像的腿到死不放。本来他们也在劝诱我加入他们底团体，可是在我还没有正式表示的时候便被我到巴黎后和翡云的一场恋爱弄得打断了下文。关于这层，后来郑白基（他也是"少年中国学会"底会员，是和我过去大多半的生活最有关系之一人）曾说是我和郭麦弱几乎处于完全一样的情形，这是很不错的：郭麦弱本来也和那几个"少年中国学会"底重要角色有过很深的关系，以后所以变为敌对的就是因为郭麦弱有了和日本女子结婚的一件事。这个现在说起来怕会使人觉得出乎意外。"少年中国学会"在它的那种莫明其妙的会员底信条之下，支持它底存在的便是一种虚伪的道德观念，而那几位重要角色发挥那种观念时又以男女问题为反道德的极致，所以凡有人和女性结合，只要稍微和一向传说的形式有点违背的，便即刻在他们面前成了最大的罪人了。我还记得郭麦弱还有过一封通信登在"少年中国学会"底刊物上面，那时郭麦弱是才在开始文学事业，对于"少年中国学会"还像怀着十二分的热忱，在那封信中极力向周虚成、汪广季，甚至曾暨忏悔，并且把自己比成了 Amoèa。但是，那却是一点也没有打动那几位自居为"少年中国"的领导者底心坎，罪人还是罪人。现在我计算起来，和我同时代并且还作过朋友的许多参加那时文化运动的人物，要说到始终一点都不肯转变方向的，怕就要算他们那几位先生了：不管时间怎样使前去的浪潮在他们的身边滤过，可是总不能在他们底思想和行动上寻出一丝社会进化的痕迹。一直到今天，他们还是国家主义政党中的最上层的要人。

当我在 M 城时，住在欧洲的"少年中国学会"的一部分会员曾和我有过一次聚会，曾暨也出了席（他虽然一面骂我是应该枪毙，一面却还和我周旋着），发表了许多他底主张。那次我便透彻地看出了那般人之不能够和我合作，他们和我起了一阵辩论，我是再三地讲着一切问题都要从改造整个的社会这一方案上着手。并且还举了所谓人类的永久问题像爱和死等等去作例，说是凡有犯了不正当的爱和罪恶的死的都不是本人底过错，而是由于社会底不良。他们则另是一种见解，以为个人的行为完全要由个人负责，社会是决不辜负个人，同时，改造整个的社会也只是一种梦想，人应当克制自由的私欲，极力维持现社会底秩序——在这次的聚会上只给我留下了些滑稽的回忆，一位表示很热心的大块头的先生在坚决地说中国非有一个马志尼不可，但是接着却又用疑问的口气说不知道马志尼的学说是不是和卢梭一样，若是一样，那还是没有好些。曾暨一向便患着有消化不良的口臭病，他一点也不怕妨碍别人，涎沫四溢地在申述着他终身的志趣是要学他的同宗曾国藩。

就是在这次聚会中我得以知道了那般未来的国家主义者正在听从曾暨底指挥和一个住在国内的会员起着严重的争斗，这个会员就是后来在大革命中有最大的声望并且在不久以前才牺牲了的恽台耀。在那时这个革命者已经和那般先生在思想上以敌人相见了，我还记得为的是台耀发表了一篇论文，一篇说青年应把身子放到工农方面去的论文，这在曾暨看来简直是一把劈破神经中枢的斧头。大概就是从那时开始，曾暨才用对仇家的眼光注意起"工农"这两个单字合起来的名词了。以后他是发

五

疯一样地毁骂着工农方面的势力，几年后又在国内正式地把他底恐怖病写在他主办的《醒狮周报》上与新兴政党作战。

现在，我们还是回到前面所说的事件上去。我为带均给曾暨和"少年中国学会"的几个人写了信以后，我忽然觉得身上轻松起来了。那几封信就是我给那般人的最后通牒，从此两方面便断绝了所有的关系，若果我底记忆不错，就从这时起一直到目前，我是再没有见过那般先生中之任何一人。不过问题还不止此，还有我从这时起，也和带均结束了以往的交谊，在我觉得我替带均充当了这次律师，已经可以报答他当我初到巴黎时帮助我的种种好意，以后实在是再没有继续和他做朋友的必要了。我这时的精神好像是突然起了一种变化——突然坚强了起来。我觉到了我一身的孤独，决计要以十二分的努力去作自己生活中的安慰，问题即刻逼到了我底脑中：一个人在这个复杂的社会中要不断地经历这样多的变故，一个人和别一个底心情相差得这样的厉害……但是怎样去了解呢？怎样去解释呢？苦味的疑惑摇撼着我。终于，我把我拉到哲学底领域里来了。

一天，我在我新搬来的拉丁区底一家小旅馆中开始了我的哲学的研究，我把我许多生物学书籍统统卖给了塞纳河畔的旧书铺，连我从日本带到上海又从上海带到欧洲的几本日本文的"解剖学""遗传学"等等都一起加在内面。这样所得到的一点钱我拿去从新买了几本哲学的古典书籍。我和那些"Paramaecium""Eptinotarsa decemilineata"作了暂时的告别，把我底脑力移到了施比诺沙、尼采、康德的身上。我德文的知识也便是在这时整理起来的。

智识底大海展在我底面前了。我渴了一样地在吸着那大海中的水滴。整天地，几乎连饭也不吃，我常常坐在图书馆中为一个名词或一个熟语去翻阅着那些装钉得很古的经典。那种储藏古今人类思想底精华的圣殿，对于我是特别有一种引力，我一走进到那儿，便再不愿走出。有时为了面包的断绝，我要写些法文的短文章寄到 M 城底周报去的时候，也好像只有坐在图书馆中才可以写得成功……

若果我对于一两百年来的资产阶级学术底系统能懂得一点，那就不能不说是这时期的功劳。先是德国十八世纪奔放浪漫热情的几个哲学家拉住了我，可是不久我便又在费儿巴哈的著作之前低头，由实证论者的孔德涉猎了下去，我知道了戴纳、居友和其他的人。当时我心目中便定下了一个思想的历史行程的系表。我把近代学术的进展划分成了三个时代：第一是精神论和观念论支配着一切，形而上学是这时代底唯一根据；第二是经验论和进化论支配着一切，生物学成了主要的科学；第三便是唯物论的时代，自然是经济学作了基础。这个划分的形式一直到现在，我还没有发现有大错误。要是从十八世纪初叶算起时，那我这个系表中的第一时代底阶级背境恰是从封建阶级到资产阶级，第二时代底阶级背境则纯粹是资产阶级，第三时代自然是新兴阶级了。这个或者机械了一点，但是我敢说我当时能有这样一个学术上历史进展的观念，便是我后来能彻底转变方向的注脚。

本来是解决自己所怀疑的人生问题，结果却是没有做出自己所要得的答案。仅仅，我还记得是把尼采读完不久的时候，我感觉得这位强者的哲人的理论恰和托尔斯泰是分成了南北两极，我就想在这两者底中间采取一种适当的态度作为我底人生哲学。我把这种见解曾做成了一首长诗，用了"与二大哲人的对话"这个题目，内容是叙述我在幻觉中先看见尼采，继又见了托尔斯泰，在许多冗长的会话之后，尼采在我底左边消灭，托尔斯泰在我的右边消灭，我在他们两个遗留下的巨大足迹的中央前迈了去。这首诗好像是占满了十多页甚至二十页的很大的原稿纸，并且能够避开观念和教训的堆凑，音韵的技巧也不算太坏。我把它寄给

五

了当时上海《时事新报》底《学灯》副刊，不料被编辑者压了下去，没有在我底切望中出世，但是，不知道是什么缘故，隔了两年以后，却又突然被发表了。不过这首诗底命运却总是不幸的，它竟被《学灯》底编辑者割去了十分之九的血肉，把十多页的一首诗删成了不到一栏的几行速写，同时，还没有印出作者底名字，使人看去，好像是出于编辑者的手笔一样。我写信到《时事新报》要求把我底原稿退回，但是没有答复。我底人生哲学就这样落在了空虚的坟墓里。

我正式从事了文学的创作也就在这个期间——本来，我著作家的生活是开始得很早的：距离这时将近十年了的当我正十三岁的那年，我已经是本省《秦风日报》底投稿者之一，以后在十六岁时又是《秦镜报》底唯一的负责编辑人，文学底醉人的杯子一向便在我面前闪着它可爱的泡沫。我还很清楚地记得我在日本时那种努力想在过去旧文学中占领一个坐位的欲望，那时我甚至还曾经用了一种地方艺术的观点给李商隐注释过半部诗集；在上海办报时虽然处于那种极端的政治氛围之中，我却还是不曾和文学绝缘，并且新文学的试作的欲望在那时便跳动在我底手指上了。不过，这些都不算什么，要说我真正是开始文学的工作，那却不能不从我在巴黎的这时算起。

一切现象都有它们底因果关系，我所以能在这时正式走上了文学创作的一条路上自然也是很容易解释的事情。过去在实生活中滚来滚去的我，自己努力的目标本是在政治上的，而结果好像是一点都没有得到自己所希望的影子：这个失望的苦闷会把自己拖到另外一种方式的活动上去——这是一层原因。在这时我算是过着一种由混乱的东方迁移到所谓文明发达的国度里的生活，这生活给了我以环境上的变化，而在这个变化之中又有一种矛盾的刺激，这使我要寻求一个表现自己感情的机会——这又是一层原因。其次，我由翡云得来的许多痛苦也在逼着我去发泄，不消说也是使我走到文学创作方面的一个附带的理由。但是这都是仅仅从我个人际遇上出发而来的解释，要是从整个的时代来说时，那这时中国底浪漫运动正要起来，我不能够否认我也是这时代中之一人，所以，必然地，一向倾于文艺的我在这时要有创作落地。

在中国，前世纪底九十年代中是一个重大的时期。民族觉醒的曙光，资产阶级底抬头，城市文化运动，一切一切都从这个时期开端。我们抛开中日战争本事所占据的一八九四到九五的两年，从一八九六算起一直到大革命前夜的一九二五，恰是整三十年。在这三十年间，政治的活剧真是演到波谲云诡的地步。承继资产阶级自由运动的"戊戌变政"这一 Prologue 而来的"五四运动"，很确切地是一出发扬"戊戌变政"的 Sym ph nie。在这个伟大的曲奏之中，资产阶级把它的思想算是给了全盘的解放和全盘的建立：对于旧制度的猛攻，对于孔孟学说的推翻，"科学与德谟克拉西"口号的提出，同时文学工具的改革也挟着高潮的势力而来——这样，一个资产阶级底文化基础在我们面前成立了。在这个文化基础上，一定会有一个文学运动立刻跟着产生，并且，必然地会是一个浪漫运动。

一九二二年便是中国文学底浪漫运动开始的一年。担负这个使命的便是"创造社"这一文学团体——而就是在这一九二二年底前一年，"Sturm und Drang"的成分便在各地酝酿起来了。

这在表面上好像是一件奇怪的——但实际上必然的而不是偶然的——事体：当我在巴黎开始了我文学创作的时候，远隔重洋的日本便有郭麦弱几个人在作着同样的工作，并且还准备联合同志以互相交换意见和共同努力。一天，我接到日本朋友的信把郭麦弱介绍给我，并且附了他的一首诗的创作。以后又经了几次的间接通信，我和郭麦弱之间便变成了直接的关系。"创造社"的这个名字，便在大家底信中常常反复

五

地提说着。不过在日本和巴黎还未曾开始这样的通信以前，从日本从巴黎寄出的作品却都早已飞跃在国内的各种刊物上了。

这时我给郑白基的信上写道：

是的，人生处处是罪恶，处处是痛苦，但是要知道，罪恶，痛苦，都带着有催人前进的意义。我敢说天下事都是两面互相影响着的。最反对的方面也就正是给了很大的力量的方面。没有矛盾，人类要成就事业大概是不可能的。所以，我们不要当经过"不完全"时，忘了去求"完全"……

我先批评一点别人底艺术。我们先就日本底文学来说，像夏目漱石底"余裕"派的文学，那决没有什么价值。因为我们既是人，就当制造人生的文学。像他在高滨虚子底"鸡头"序中宣言的"不触着之小说"，无论很难做到——就是他自己底小说又何尝都是完全不触着的小说？——即纯粹做到这等地步，也不过是一种无用的作品。换过来说：我以为就是他主张的"低徊趣味"，也只有"触着"，人生的小说才配有。他的余裕派的文学，其实就是游戏派的文学，那是会使文学一直地堕落下去的。还有，像森鸥外，更是没有道理。他公然表明他是无论做什么都是游戏，这个，我们暂且不要说到艺术，首先就不是做人的态度……

我总觉得艺术的制造应该站在实际方面，我们底实生活已经很够用了。若是我们身边的材料都不知去用而在身外去寻求艺术，那是糊涂而可怜。再进一层说：艺术并不是人底娱乐品，艺术是促进人生的改造的一种工具；艺术不是专为安慰人底目前，艺术是还为安慰人底前途……

我们可以得一个结论，人生就假定是没有希望，文学家也要努力去触着它，就是人生真已达到像永井荷风所谓"冷笑"的程度，我们也不能学森鸥外那种用游戏去应付的办法。人生底"不完全"，便正好使我们去求"完全"……

在这些话里，可以看出我这时是以我相当混乱的哲学观点去检讨着艺术的。这些话里所含的理论虽然和我后来一部分创作里的表现像是有些矛盾，但是这儿却活跃着一点时代底精神，那便是浪漫时代底一种气息的泄露。尊重人生，这正是资产阶级开端自由运动时所奉行的信条。我们知道狄德卢曾劝戏剧家不要离开实际生活同时又主张艺术底任务是在赞美壮伟的善行和敬惜可悯的际遇等等，这正和我这儿底见解是完全一致。

这时我最努力的作品是一首长诗"支那"。在这首诗的题目下，我还用了"Paradoxes autobiographiques"这样一个小题目。内容是用中国封建社会中许多悲惨的现象作背境，叙述着我从幼年一直到壮年的生活。这首诗里面所流贯着的热情一直到现在还使我一想起身上便要来一种颤栗。我还记得它的最后一段中有这样两句：

二万五千尺的天山呀，你怎样还不倒下来，倒下来塌在我的身上？

一千九百六十里的长江呀，你怎样还不泛滥上来，使我连所有的灵魂一齐沦亡？

若是说浪漫主义的特征是 Individualism 底抒情的发挥时，那我这首诗确是做到了。一面，我在这首诗里还用了许多科学名词，像"Flu rescelzph elomen""Fak orenkoppelung"等，都算是打破了一向的惯例。

五

现在我记不起这首诗共有多少行，只记得我把它寄出的时候是卷成了一捆，几乎像一本小册子一样，它底命运是由巴黎走到日本，经过几次辗转地传阅以后，又由日本走到上海。以后便失了踪迹。

这时我在巴黎认识了一位和我很有帮助的朋友，不可不在这儿把他特别记了出来。这个人是我们通常所说的"奇人"。他底姓是卜里叶，名字是法国人一般常用的罗伯儿。他本在外省一个图书馆中充当着秘书，因为他底思想是接近 Marxism 的社会主张的思想，所以被当地政府逼迫着他离去了职位。他底一条左腿已经被大战夺去，他在他失掉了的腿底位置上装置了一条假腿，走起路来总扶着一根手杖。可是他好像对于他底残废并不去怎样关心，每天只是很有精神地到处跑动着，他来去的领域是非常的广泛，除了工会和政治集团而外，大多数的新闻记者、文学家、艺术家、教授、学生，都和他有私人的关系。他底博学也是很够使人吃惊：他不但一般科学有相当的素养，并且还具有特殊的文学上的才能；此外，他还懂着音乐、绘画、建筑等专门艺术。但是还不止这些，因为旅行的地方很多，他语言学底知识也是很好的。所可惜的便是他具着一种不爱著作和有著作不爱发表的脾气，他是可以费上整天的工夫用口回答人领教他的问题而不肯提笔写一个字。他一生出版的著作只有薄薄的一本地质学上调查的小册子。他也从事于戏剧的创作，但是一直到原稿变成了黄色，还不会和社会上任何人见面，他几乎是把他所有的精力都送给实际的活动，他好像以为所有的文学的工作在一个社会未曾改造以前是占着十二分不必要的地位似的，他对我的帮助很大，不但在学问上他是我底金库，就是我得以对于欧洲社会有一点表面的认识也是他底功劳，他介绍了我许多朋友，生活方面也蒙他常常地接济。这位社会主义者的奇人算是和我前后往还了不满三年，便死于 Typhus blominalis。他一生独身，死时大概是五十岁的光景。

我和这位朋友初认识的时候是在拉丁区底一家咖啡馆里面。他正和一个满口白胡须的老头儿高谈，我无意地加入了他们底关于历史的辩论，我的论点不期和他站在一条线上，并且越说越接近了起来，这样，我们便很快的成了朋友。那位老头儿原来便是法国文学重镇的阿那托尔法朗士，在辩论散场的时候，这位伟人尽管地耸着肩膀表示自己失败后的愤怒。并且口里还不断地咕噜着说"不管怎样，我总是怀疑，怀疑……"

我凭了卜里叶底介绍，还得以认识了海洋作家罗狄和其他一些文学作家。立刻，文学成了我环境构成中十分之七八的原料。我放弃了在法兰西学院听的哲学讲座，我在巴黎底文学家之群中交际了起来。

这时，巴比塞底《光明》周报正由一张很小的报纸改成了杂志的形式。巴比塞一篇批评罗曼罗郎底主义的文字激起了一场论战。罗曼罗郎表示出了他改造社会的主张，他以为甘地所取的手段便是唯一可赞美的手段。人道主义与暴力革命的主张在双方文字中很显明地爆着它们的火花。这在我，罗曼罗郎和巴比塞都不曾见过面，一向罗曼罗郎是我表敬意的现代作家之一，而这次我却像被巴比塞吸引住了。但是同时我却像感觉到巴比塞的文字中缺少一点什么成分。不过我又不能明确地指出。这个，现在自然明白，我所感觉到巴比塞文字中缺少的成分便是阶级斗争的历史发展和经济决定论的说明——这是巴比塞这人一向的缺点，直到现在为止，他底议论中还常充满着观念和神秘论的瘴气。我敢说，巴比塞要是再不前进，一到欧洲伟大的事变到来时，那他是很危险的，因为战斗的唯物论底历史的进展必然地不能容一个不理解人类解放过程的说道者底存在。巴比塞过去所有关于革命的议论，我总觉得有些地方和

五

马克思所指摘过的鲍埃尔有些相像。

不过在当时，巴比塞和罗曼罗郎底论战却是一个现代文坛上不可泯灭的事实。这个至少在智识界面前展开了社会思想之两个派别，至少可以使智识界对于空想的世界主义和实际社会革命的主张有一个思索的机会。在当时不成问题地凡是头脑明晰的人一定会从罗曼罗郎底言论中认出了不相信暴力的人道主义在暗地和资本主义携手的阴谋。这场论战确算是摇振了一时，仅就我在巴黎出入的几个文学家底集团中便可以看出这种情形，几乎是十个人有八个人总谈论着这件事的。但是这儿还得有一点声明，所谓摇振一时，却只能限定一般和一向传统社会有些隔离的人，文学家像阿那托尔法朗士和罗狄便就不同：我去问法朗士关于这事的意见时，他和我第一次在咖啡馆遇见时的态度一样，结果是他对于任何方面都要怀疑；罗狄则更干脆得很，他对我说他从来就不管这些徒去自扰的争论——像这类的人是怎样也不会受这场论战底摇振的。

说到罗狄和法郎士，这两个在法国文坛上占过极大势力的人物，或者读者愿意我在这儿多说一点。不过这在我却是很困难的事，因为这两位巨人和我目前的心境太不相合，要去追记他们，实在使我感觉不到什么兴趣的。记得有一位批评家说罗狄描写劳苦民众底生活正和高尔基一样，这是大错特错，罗狄底作品我从前也曾拜倒过一时，他底充满诗意的描写确是能够使人迷恋。但是很奇怪的是罗狄底作品能够那样不含蓄地描写水手，渔人，水兵，殖民地兵士等等底生活而罗狄本人却始终是为帝国主义政府服务的一个忠实的官吏，他自己居处底奢侈和他性格底贵族也和他描写下层人物的一部分作品好像没有联系的可能。这个，要是用得着我们来作一番解释时，那便是这一位巨人只是站在他自己阶级底圈子里面去流览那般劳苦民众底生活的。他留意劳苦民众底生活只是为找他做诗的材料。他同情于那些人，也只是站在上层的地位去泄露的一点悲悯的情绪。或者可以说，他所以为他底著作采取那类材料，只是想适合于他自己已有的忧郁的心情，只是想适合于他自己习惯的阴暗的笔触，总之为的是他自己，此外再没有什么了。我们不否认他是一个伟大的作家，但同时也不忘记他是一个彻头彻尾的资产阶级底伟大的作家。他虽然一样在描写着劳苦民众底生活，但无论如何是不能和高尔基相提并论的——好，这便是罗狄。其次，法朗士，这不消说更是一位世界的巨人。他底文学的才能确是不可多得，他底机智和驳杂也确是能够出众。但是这些可称赞的特点却不能掩饰他主要的意德沃罗基底贫弱。他一味的嘲弄着世界，他用个人享乐的态度从事着他底制作，他把一切事物都纳于他怀疑的哲学底怀中……我们可以说，在法朗士底面前，什么都要失掉了它底真实性了！正确的批评家说他代表资产阶级临终的智慧，这是一点也没有错误。他自命是社会主义者，他底作品虽然有时也在攻击着社会底现状，但是，我们到头还只能把他供到资产阶级底神堂里面去！记得一位俄国底作家到巴黎会了法朗士后写道："全身柔软……具着亨利四世等所喜悦的廷臣底姿态……"这印像不但是恰切，并且还是妙到不能再妙了。

我和这两位巨人的交情自然是都谈不到什么亲密。罗狄并不常到巴黎，见面时他总喜欢说到东方尤其是中国，他好像始终还不忘记他早年浪游过的地方，用一种诗人回忆的神气他总在不停地追怀往事。我们之间没有过什么特别的事迹：他看我是一个年轻人，我对他也不曾抱过分外的希求，同时他那时也已经像是有些衰病了。法郎士底家中我倒是去的次数比较多点，这位怀疑派的大师有时要我译几首李太白底诗给他听，我也从他学得了些法国文学史上的智识。有一次他邀卜里叶和我聚

五

餐，坐中还有一位是西班牙底名人伊巴涅支——在我，这算是看见伊巴涅支的唯一的一次。这人和法郎士恰是一个相反的人物：满脸上突露着自负和刚强的神彩，眼边和唇边闪出了政客甚至官僚的习气。席间不知道是怎样开头，法郎士忽然畅谈起了社会主义，并且说自己是一个包尔塞维克，真正的包尔塞维克。他底话好像很长，越谈越是起劲。我注意着伊巴涅支，这位露骨的民族主义者起初在一声不响，等到法郎士底话讲完后，突然爆出了一阵愤恨的喊叫。我不禁吃了一惊。用着西班牙音尾的法国话这位民族主义者说道：

——收起你底包尔塞维克罢！你凭什么能坦白地讲这个名称呢！我只知道共和，不知道什么包尔塞维克……但是你若是要自命是一个包尔塞维克时，那你先去进几次牢狱后再来夸张……不然，不然我劝你还是谈谈女人和酒比较好些……

出我意料之外的是法郎士听了这话一点也不生气，好像只简单地答了一句，说他本来对一切便是怀疑，意思似乎是说就是他自命也是一员的包尔塞维克到头也还是使他怀疑，所以他尽可以不去行动。不知道是一个什么念头在我心里起伏了一下，从这次以后我便对法郎士疏远起来了。

这时华盛顿会议已经开幕，中国除了政府底代表而外，还有几个国民代表。留学生对于那几位国民代表兴奋极了，以为他们定可监督政府底代表使中国在华盛顿会议得到很大的胜利。有些人组织了一个后援会，留学生和华侨在主持着会事，到处去接见各国底政府要人，到处去发布请愿的文字……还有许多留学生在互相联名做些文章，在欧洲几种报纸上发表，内容大都是一致地拥护参加华盛顿会议的各强国，同时在肯定英国和美国一定可使中国有种种的便利。中国底国民代表也不停地从华盛顿打电到美洲底公使馆及其他团体，报告说英国和美国——特别是美国，一定会出全力给中国以援助……

朋友邀我去参加后援会，我拒绝了。我当时虽然还不能彻底明瞭世界大势，但是对于各帝国主义的幻想却是一点也没有。中国所派的几个国民代表对于我更是距离太远：我觉得他们并不能代表什么国民，不过是几个新的官僚罢了，我觉得没有把自己精力献给这个无意义的运动的必要。

当英国和美国在华盛顿会议对于增加关税，退回租借地，考查撤消海外法权等提案给了中国代表一点假的面子的时候，在欧洲的留学生都好像高兴得忘记了自己。中国驻美的名流，政客，都很自满地宣传着说中国从此便会政治独立，新的转机便要降临——说来可怜得很！那些名流、政客，只顾着一时说得大快人心，可是等到以后旅顺，大连，威海卫等地事实上不见退回，治外法权依然照旧，连二五附加税的实行也感着困难的时候，他们却把脑袋一缩，一句话也再不提起了。当时中国的前进政党才开始成立，虽然对于华盛顿会议底前途已经有了预先促醒民众的宣言，可是一般人对于帝国主义还没有明白它的性质，兼之又有无耻的名流政客等底欺蒙，所以竟至像服了麻醉剂一样的糊涂。一直到现在，那些对于华盛顿会议做过礼拜的中国底资产阶级还要避免提起这次会议所造成的英国美国和日本共同侵略中国的这一历史的事实，这简直可以说是"丧心病狂"。我们必须承认，华盛顿这次会议使英国帝国主义和美国帝国主义底对华政策得到了成功。这是以后英国、美国、日本——这三个帝国主义者更进一步为占有中国去演那不断互相冲突的武剧底一个开场白。

那几个国民代表中有两个从华盛顿到欧洲来了。巴黎底留学生在大

五

规模地准备着开欢迎会。朋友又来邀我参加，这次却使我发了脾气，我老实不客气地说我与其和那般代表周旋，倒不如找蕙云开开心去……这话成了当时几个留学生提到我时常引用的成语，就从这时起，我便好像成了一部分自负为爱国者所嫉视的敌人了。

欢迎会终于开得很是热闹：代表们底瞎吹，留学生们底瞎捧……昏天昏地……

可是我却实行了我底话，恰在这时我去到了里昂。

六

我是因为有卜里叶底介绍，卖了两篇法文文章，得了一点相当满意的稿费，才动身到里昂去的。在动身的前一个星期，我接到了蓊云向我诉苦的信，她说她又穷又寂寞，简直有时想去寻死。我到里昂便是为一面看望她，一面给她送些钱用。

这是一九二二年七月的时光，我受刑罚的时期到了！

出我意料之外的是蓊云接待我并不显得怎样高兴，甚至还怪我不先得她同意的突然的来访，她底服装衣饰都比从前入时了许多，面貌也出脱得比从前新鲜了起来。我由她底行动和起居的状态上看出她实在不像她给我的信上所描写的那种情形，不过我还不曾想到有别种事故，我以为她只不过写信时措辞较为夸大一点，同时她虽然表面生活像很舒服，或者实际却真是困苦的。这样，我还是对她不起一点怀疑，把我带给她的钱统统交给了她，但是事实底曝露真算是很快，就在当天底晚上我发现了她欺骗我的秘密了。

当天——我到里昂的当天，她和我一同吃过晚饭以后，说她要我在她底住所好好地休息一下，她要去赴一个法国女朋友底约会。换了一身新的装束，她很匆忙地走了出去。大概她是因为过于匆忙，忘记了锁她底衣柜，我无心地在找着一本书，竟在衣柜中看到了几封别人给她的信件，我认得封封都是我相熟的傅翘底笔迹，好奇心使我展开一封看了下去，即刻，我底眼睛起了一层云雾，不由自主地看了一封再看一封……什么我都明白了。我底头眩晕了起来，地面像在我底脚下转动，我一头倒在一张睡椅上面，简直要失了知觉。

这几乎是一个不可能的事：傅翘一向和她便没有一点来往，并且他还是汪广季底好友，当翡云和广季才分裂不久的时候，傅翘曾帮着广季宣传翡云的罪恶，翡云也曾把傅翘视为她底敌人中的一个，他和她之间怎么也像是找不到能达到情人关系的线索的。然而在那几封信中可以看出他们情爱的程度已经很深，并且他还常供给着她一切的费用，这简直使我糊涂到不能够思索，我竟至不相信我的眼睛。

这就是她给我的信中所说的她"穷"！这就是她给我信中所说的她"寂寞"！

——唉唉，欺骗！可耻的欺骗！

我一个人突然地喊了一声，从睡椅上跳了起来。但是，怎么样呢？事实是很明显的：自己本来已经和她断绝，却又不自主地被她再拖回到她底身边，明明自己已经识破了她底性情，并且是下了决心不再上她底圈套了，但是却又不肯干脆地实行，自己总是说不再和她继续从前的关系，但是不断地还要被她不负责任的要求和表示所迷惑，自己总是说："不要紧，我再不会受她底摆布了。"尽管这样自己哄着自己，自己哄着自己！实际上，实际上是从 S 城到巴黎以后自己便又屈服在她的势力之下，还是在为她作着感情底奴隶……

现在一切都明瞭了，但是这能怪谁，能怪谁呢？

暴怒在我心头突然地发动，我觉得我太被人侮辱得下不去了。我发疯一样地又在衣柜中去搜查，把所有的什物丢了一地，我找出了一张傅翘底像片，还有一张傅翘用法文写的条子，那张条子还是昨晚写的，上面是在约她今天晚饭后到一个旅馆中去相会——"唵，这便是她今天出去走的地方，她对我说她是赴一个法国女朋友底约会呢！"我心里这样惊叫了一句，两手捧着我好像要涨破了的头脑，踉跄地跑出了她底住所。

我在街上漫无目的地走了几个钟头，一直到两腿酸痛，再也不能够支持，才恍恍惚惚地走进一家咖啡馆，向一张软椅上一坐，沉了下去。

"这到底算一回什么事体呢？""一个噩梦！""一个笑话！""是的，笑话，笑话！傻子底笑话！""其实人家把我看的连傻子还够不上！我简直在人家底眼中好像是一个可以抛可以踢的皮球！"……我心里这样涌了一句又是一句。白兰地一杯一杯地倒进了口里。

这一夜我都在里昂底街上踱躞着。我跑了一条街又一条街，好像一个灾民，一个乞丐，一个游魂……不消说吃下去的酒在作怪，使我底神经兴备到不能够收拾了。

清晨底光一洒在我底头上，我才明白自己是在马路上过了一个通宵，全身已经再没有一点力气了，但却还不觉得疲倦，只是冷得有些打颤，口里也是噙满了苦味，酒劲渐渐地消去，一个比较清醒的念头走到了我底脑里："这样不行！我须得和她正式地作一个结束。"但是接着自己又问着自己："取一个怎样的形式才比较痛快呢？"这答案结果算是想出来了，我决计去会傅翘。

傅翘也是四川人，一向以生活有秩序处事有条理出名：他是"少年中国学会"底会员，和曾暨也可以说是有很深的友谊，从他一向的性情看来，谁也不会相信他有浪漫的行为的。不过这种人却有一种特长，那便是知道享受，能够有计划地使起居舒服——这一点大概便是他可以吸引女性的原因，同时，他是半官费生，并且家中听说也很富裕，算是相当阔绰的留学生中的一个，在他底境遇上看来，他有浪漫的行为，却又

六

并不是奇怪的事了。

我到傅翘底住所，房东说他昨夜未曾回家……不消说这我是明白的……我请房东开了他底房门，我到他底房中去等他。

十点钟左右，傅翘回来了。他脸上满堆着疲倦，一种惊讶的神色突然显在他的眼眉之间，在他，决没有想到我这样的造访，无疑地，这是有严重的交涉要在我和他底中间发生的。

我们开始谈话。我很诚恳地把我和翦云过去的事迹都一一告诉了他，并表示我对他和她的关系没有一点要破坏的观念，反而望他们能够公开的结合，我说这为的是大家都好去安静，最后我希望他能够劝导翦云，使他底性情以后可以改变，使她可以从新做人。

傅翘为人比较冷静，但是他也好像被我底一番话激动起热情来了。他紧握着我底手说他对我底意思非常感激，他约我立刻一同去会翦云，说还要当面问明她底态度。

——我是爱翦云的，他说，但我也有些不大明瞭她……昨晚她还对我发誓地说她和你的交情只是朋友的交情。

我忍不住惨然地一笑。

他接着说：

——不过只要她能正式地和我结合，我当然不会和她永远维持这种无聊的关系。我是可以立刻和她结婚的，我们三个人今天总得把这件事弄一个清楚才行……非三个人当面谈判一次不可……

我本不愿意再见翦云，但是他固执着他底提议。结果我是顺从了他。

"这到底演的算一个什么戏呢？"我一面和傅翘并肩向翦云底住所走着，一面心里这样暗想。我底热狂已经平了许多，只觉得胸口上有一种痛楚，好像是受了刀伤，渐渐地割深了下去，同时有一种不可言状的凄凉包围在我底四周，我感到我这个人像是和眼前的一切都失掉了联络，生命对于我简直像一杯苦汁的酖毒，忽然之间，厌生的观念在我底意识上浮动了起来……

翡云对于我和傅翘底同来，并没有怎样作难的表情。她很坦白地听着我先开口说出的话，可是，一个不和平的局面突然地开展了。——这真是出乎我自己底预想，我竟至被翡云激到暴怒的地步。我一听到她向傅翘说了一句："我和度浸不过是随便的朋友……"我底热血便一直冲上了我底头顶，我失了常态地叫道：

——又是你这老调子！直到这时，你还要当面撒谎！我已经把我们底过去统统告诉了老傅……你还想维持你底骗局是再做不到的了！……

她自然料不到我竟能把什么都讲给傅翘听，我这个一向在她面前不反抗的弱者，竟能做出伤害她虚荣的事！她由羞变成了无理的恼恨，一阵失掉温柔的声音从她带哭的喉中迸出：

——啊，怎么？……你要毁坏我吗？你要毁坏我吗？……我是爱老傅……你想这样把我和他拆开，是不是？……

——我一点没有这意思！我只是不愿你这样堕落，永远地骗着别个！你底毛病再要不改，毁坏你的便是你自己……

可是她不听我讲完，便转过身去扑在傅翘底身上，用两手抱住了他，却很快的回过头来向着我吼道：

——我爱老傅……你要怎样？我知道你对他一定说是你为我牺牲了很多。是的，我承认！但是一切都是你自己愿意的，责任不能在我身上！就是你现在死在这儿，我也没有办法……

这简直使我失了说话的能力，当然我再不能留在这个地方了，我周身发抖，只有站起来冲向外边去。

——不！……度浸！度浸！

六

傅翘要拦阻我，但是被我一手推开……

我跑出到街上了。

这场会晤就这样以恶劣的决裂终结，在我实在是刺激太大，我感觉到自己像飘在了空中，脚像是不能点地。这样一直跑到里昂底公园里面，喘息地坐在一张木凳上，登时，眼泪随着爆发的号啕涌了出来……

四围异常的寂静，只有一眼望不尽的树林时而送来一两声风底呻吟。天气是阴郁得很，一种无归宿的孤独之悲哀压服了我。我细玩着翡云底最后赠言，我吃惊得反不上气来。"这就是我为人尽心尽力所得到的唯一的报偿呀！"我心中浮起了这样一句断案。立刻，不可抵抗的厌生的观念加强了它底势力，什么都不行！除了使自己毁灭以外，什么都不行！……"死"！这个字好像一个弹丸，突然地撞进我底脑中来了。

——死……我又从牙缝中迸出了这个字，自己也几乎听不见自己底声音。我一面向公园外的湖边走去。

里昂底湖水是非常清澄，周围底树林在掩着远处的天野，这地方实在是有一种自然的美在扑着人的视觉。我在湖边踯躅了一阵，到了很僻静的一个角隅……这是最危险的倾刻了！我准备只向水的深处一跳，了结我所有的一切，一切……

可是这时忽然有人在我底身后走动，我回过头去，看见了一个中国人在独自散步。他望了望我，便走上前来和我握手。原来才是我初到巴黎时为工会的事情去访问过的那位无政府主义者的华仑。

这真是再凑巧也没有的了！这位华仑突然的出现，才打断了我底思路，我自杀的思路……我真应该感谢他！他算是才把我由死的氛围中救了出来。

我们一同谈着话，离开了湖滨。他约我同上中法大学去。他现在是在中法大学负着职员的名义，并且住在校舍里面的。

从华仑底话中，我得以知道了蓂云底行为已经在居留里昂的中国学生中间哄动得非常厉害，并且，她在两三月前已经和中法大学底职员刘达伯演过一段恋爱的故事，傅翘还是她到里昂后的第二个情人。

华仑底性格是很奇怪的。他虽然是一个无政府主义者，但却是一谈到政治甚至社会事业便要头痛。他宁可把他所有的注意力都放在调查别个男女情爱的事件上边。他从前曾有过一回在他认为是再严重不过的情爱失败的历史，根据了这个，他对于任何人一遭了所谓失恋的变故，便特殊地同情。所以，这次他虽然和我仅仅是第二次的见面，却便不客气地问起我和蓂云最近的情形，接着又把蓂云到里昂后的行为报告了一批。

——现在的女子是怎样的不懂得真正的情感哟！华仑感叹地说，我们与其和这般女子交接，倒不如去献身于孤独的好罢……我们要学从前那些伟大的诗人和艺术家，我们得把我们底情感寄托在高尚的对象之中。痛苦正是一种洗礼，特别是由爱情得来的痛苦……

华仑是一个空想的唯心论者，他底议论实在有时是太过可笑，不过在我当时却被他底一番话引到了活的路上，这就是说，他底话驱除了我厌生的心理，使我从青年底所谓失恋的苦恼中得了解救。我以后把别种科学暂且搁置在一边而完全置身于艺术的接触，也就是从这时起的。

华仑专门研究的学问是美术史——老实地说来，他的脑力和素养是太不宜研究这门学问的：他不但对于历史上阶级和经济的关系没有注意并且不愿意注意，就是一切建筑，雕刻，绘画上所需要的科学常识也是没有根柢，他很浮躁地不能耐心读书，同时外国文又比较差些（虽然我认得他时他已经是来到法国第二次了），所以没有方法可以使他自己得到系统的结果。不过他有一种长处，便是很能谈话，他可以拿出一张画或一张雕刻的照片来讲解好几个钟头，不消说他底讲解是依照他自己的

六

想法说的，但是他底唯心论的发挥有时在没有接近过社会科学的人底面前却会相当地起些回应。他底口才能够刺激人，他能够把人生的悲剧用观念论的方式连系到他所知道的几种美术作品上面。

因为他是研究着美术史，又因为对于我的同情，我们底交情便很快的成立了起来，他留我暂时住在里昂，我答应了。实际上我也是没有钱回巴黎去，我暂且寄宿在了他底房间里面。

因为华仑底介绍，遂又认识了刘达伯——这便是作过翡云到里昂后的第一个情人的那位朋友了。他是一位留法的老留学生，也是一个无政府主义者，在他一向的历史看来，算是名流李××底私人，他虽然同华仑的交情很深，可是性格却完全不同。他长于事务，法文程度也算是很好，他一向便在留法学生的招待机关里面办事，会写一笔相当漂亮的法文公函，他和翡云的故事大概只演了两三个月的时期。起初他好像对于翡云底生活情形是不大明瞭，他完全相信翡云——自然她在他面前是照例地掩盖她过去的一切的——是一个没有别种复杂关系的女子，及至后来经了些调查的手续，他才知道了她底历史，同时知道了我和她还没有断绝，于是他便自动地和她停止了来往。他很坦白地向我陈述着他和翡云的不十分长久的经过，我们也成了很要好的朋友。

我在里昂便这样住了下去。

以后翡云底踪迹呢——或者读者会在这儿追问起来——这个，自然应该稍说几句，她从这时起，便和我成了永的隔绝。仅仅有一次，大约这时过后再一个多月的光景，我接到她由别个转来的一封信，内容非常简单，只是要我给她筹两百佛郎，好像还附了一张很小的她底照片，不消说我是没有答复她的，以后她底消息虽是常常传到我的耳里，可是都不是好的消息：她尽情地享乐，甚至到了很堕落的地步，她擦着浓厚的粉和很浓的胭脂，眼圈也用墨画了，穿着一身几乎是一般所谓下流的奢侈的服装，出入在所有的娱乐场中——傅翘供给了她一切的用费。这位可怜的青年（他在当时留欧的"少年中国学会"底会员里面算是比较守本分的一个）最后听说被她累得很是狼狈，不但考试落第，并且还假冒过别个的名字向银行骗取了一宗大款……结果翡云是终于丢弃了他——她到德国去看她一位新到欧洲的北京底教授的叔父，即刻便获得了新的前途：她底叔父给她写信到国内绍介了一位工业学士，她很满意地回国了。再以后便听说她在上海结了婚，但是不久又听说是离了婚，接着是再嫁了别个……再下去我便不知道她的命运。

关于翡云和我的事情，有一位女士曾对我抱过很大的不平，我却是对不起她，这是得记出来的。

萧良玉女士，湖南人，是 M 城翡云底同学，她为人是诚实，又能用功。翡云到里昂后，又和她住得很近。她大概早已对于翡云便感觉到了是没有向上的希望，同时对于我有一种同情的好意。我在巴黎不能够寄钱给翡云的时候，我曾在写给翡云的信中说了一下我穷困的情形，大概这封信是被她在翡云底地方看见了，竟使她动了帮助我的热忱，她写了一封不署名的信，附着五十佛郎，寄给了我。

当我接到她底信时，是一点也猜不到发信人是那一个的，我竟把这笔钱又寄给了翡云，并且把信也附给翡云去看，直到后来翡云和她发生了口角，我和她正式通了一次信以后，我才明白了这一回事。

翡云和她发生口角的原因，我不知道，我仅从翡云的信中知道她是当面指摘了翡云对我的种种不负责任的事实。在翡云便以为是我在外边宣传出来了，于是便又和那回为带均辩护的事情一样，我竟盛气地写了一封信给她，说我和翡云的私事用不着别个来管……不消说这我是太过胡闹了！我把信发出去了以后，自己也在后悔，但是出我意料之外的又接到了她底一封回信。

六

她在她底回信中，表示出了她并不怪我底无理，反而尊重我对蔚云的一番热情，她还解释了她一点也没有想管别人家底私事，她说她指摘蔚云只是出于无心一个很大的刺激袭击着我了，她底宽大倒都还是其次，首先便是她底笔迹告诉了我她就是寄给我五十佛郎的那人。

我负着她这笔债一直不安了好几个月，后算是终于设法偿还了她。我也用了个同样的手续，还钱时写了一张不署名的信表示了我底谢意，但是这只是对她的债务的结束，还有她对我的那番深切的情义，我却是永没有得到一个报答的机会。听说她以后的境遇很坏，她精神上还经过许多的打击，最厉害的是她底一位到法国去作工的弟弟用手枪自杀在她底房中，为了这件事，她还几乎成了留法学生毁谤的对象。我屡次想去安慰她，但是总没有成为事实。后来她和一位同学结了婚，可是据别人的传说，她始终是不快乐的。

对于她，一直到现在我想起了时还要感着无限的惆怅。

问题来了。

我在里昂住了不到半个多月，各方面的债主都来问我讨帐。大半的债主都是我为了蔚云才结交下的，恰巧他们借给我钱时所定的偿还期间都是在这个时候，债主中逼得我最严重的是那住在封丹布露借给我三百佛郎的军官孙××，他用快信、航空、电报来催促我，并且表示了好些非友谊的态度。我手中是一个钱也没有。而且事情来得真是凑巧又凑巧：M城接收我投稿的那家报馆忽然因事停刊，维系着我很大希望的我底几篇文章竟被退了回来，我写信到巴黎向朋友卜里叶去告急，那料他又在病中，连他自己也正在发生着恐慌——这真是我最苦痛的期间了！没有办法，一点也没有办法！于是我决计到工厂作工去。

不过作工也并不是很容易的事体。第一，自己没有技能，第二，就是去先做学徒，也还要看工厂当时有没有缺额。我写了两三封信到里昂底几家铁工厂和纺织工厂去，要求充当几个月的学徒，可是，信都统统使我绝望，都一致地回答说他们目前是不收学徒的，这使我急得要发起疯来，我想我一定会成为里昂市上的一个负债的饿鬼了！我把我几身衣服拿到当铺（欧洲的当铺是很不容易找到的，里昂似乎只有那么一家）里面去，但是却仅仅当得了一点只够敷衍我一星期的面包的零钱。"完了！完了！我大概终久非自杀不可了！"我自己向我自己这样喃喃着。我在里昂底街上跑来跑去，不知道怎样才好。看见许多资本家在汽车中和打扮得很妖魔的女子偎傍在一起，汽车是风驰电掣地在马路中央滚过，我底愤恨不禁要爆发了起来。我无意识地去站在那些汽车底前面，挡住了他们底去路，我心里好像有一种莫名其妙的想头，索性使自己被汽车辗死，至少也可以让那些坐汽车的人扫一扫兴！不消说这个是可笑得很，实际上汽车的喇叭一响，我是又不自主地跑开了，总之我是昏乱到了万分，我整天地这样游行……里昂底街道倒被我跑得非常熟悉了。

现在想了起来，我这时无论怎样要算一个最可怕的时期，一个二十四岁的青年——不要忘记！这个青年虽然从小就从事于人事的活动和社会的奋斗，但是他所处的氛围还是个人主义的，他有被意外的变化压倒的可能。一个二十四岁的青年受了情欲上的最大的打击，已经要陷于不能够振作的地步，而同时还来了一个生活上的实际的恐慌，没有一个朋友来帮助自己，没有一处地方可以安插自己……这种情形，大概是谁也能想像得到，要是不死，生命对于他会成为一种暴虐的东西，这就是说，走那求活的人生的道路，在他将是艰苦的工作了！果然，一个剧烈的病症借着一天突然寒冷的气候便降临在了我底身上。

发烧、头痛、咳嗽，倒在华仑房中的地板上，我一点也不能够动弹了，华仑房中是没有多余的床铺，我自从借住在他底房中以来，便是睡在地板上的，大概这也便是我得病的原因之一：那地板是常常有些潮

六

湿，并且靠墙的地方是有风透了进来的，而我底身下只铺着一张布单，身上盖着一个很薄的并且还是破了的毛毡，那间房子又是临着一个像旷野一样的空地，晚间我竟有时从梦中冻了醒来，这样自然已经是会要病倒，而再加上饮食的不调，吃了上餐没有下餐，甚至一天没有一餐，于是身体更是不能够支持了，刘达伯请了中法大学底一位校医来给我打了两针，算是才把热度退了下去，但是咳嗽还是厉害，往往彻夜地干呛，太阳穴都像要爆裂了开来，这种病体一直继续到一个多月，才渐渐地能够起身，大约就是从这时起，我肺部的毛病便开始了它底征候了。

可是事情距离完结还远得很。第一，立刻自己便要生活，第二，债主们依然是催得很紧，不消说还是只有去找工作，在想尽了许多的方法以后，终于，算是才找到了一个——我是应该怎样的表示我底感谢哟！——可以容纳我的地方。

那地方不是工厂，而是一家私人底花园，地点在里昂市外，里面有二十多个园丁，我便去充当了那些园丁中的一个。一天作工十点钟，每点钟工资一个佛郎。

于是我在花园附近的工人区域中租了一间又黑又小的房子作了我底住所。每天八点钟便去上工，穿着一身被泥土罩满了的衣服，脚上套着叫做 Sabot 的木鞋，我和劳动者厮混在了一起。

本来这种工作在我是会发生兴会的，我研究自然科学时对于植物上的知识是早就有了些获得，这次我便想借这个机会顺带再作一番这方面的学习，我没有想去学园艺，我只想采集些植物标本，在我初去作工的那天，我便是抱了这个计划，但是不幸的是实际上完全和我底想法两样，我竟被工头派了去作苦工：掘地、拔草、推土、扫除残败……几乎没有办法可以去接近那些花木。我看见守在温室里的园丁，心中羡慕到极点，偶然间我跑进温室里去打一个来回时，却被人家赶了出来，我是只配在那污秽和泥泞中度我底时间。

为生活出卖体力的人想伸手到知识方面是不可能的事体，我算是证明了这个是正确的了。整天地，我把我底筋肉用在粗笨的劳碌之中，疲惫在啮噬着我。我底头脑好像是死去了的一样，思想简直连影子也不来光顾。一到下了工的时刻，我便拖着我两条本来就有 Rhumatism 而再被过度的劳动弄得失了本能作用的腿蹒跚地跛了回去。

但是这些都不要紧，只要晚间扑到床上安然地酣睡一觉，便什么都可以化为无事。然而不幸之极的是我连这个幸福也享受不到，我的房间因为太旧并且一向便不洁净的缘故，竟至满墙满地都是臭虫，夜半的时光我总被那些寄生物逼得从床上跳了起来。我气到在房中使劲地散步。我把煤油灯点起，但是没有事情去作，我手头只带着两本 Larousse 出版的 *Antho ogie des Ecrivains Francais du XIXe Sièce*，我便在其中选些诗来翻译：我把米勒瓦底《叶落》，拉马丁底《湖滨》，魏尔冷底《秋歌》等等都放在了中文的韵律之中。我在连二连三地涂鸦着我底原稿。寂静地，忘我地，我遂借着那些诗人们底抒情的灵感过那黑暗的长夜。

我底债主中间要算那位军官是最为严重，于是我决计先以应付他为主要的事件：我把我每天工资底一半移去偿还他，每星期寄出三十佛郎，其次，我再每天拿出三个佛郎来回答其他的债主，这是一种没有办法的还帐的法子，但是我总是一点一点地在清偿着我底债务。

这样，我每天的工资中只有两个佛郎算是我自己的，我这个每天生活费全部底数目迫得我不能不用人工来减少我底食量，我自己在房间里煮一点加盐的开水，把很少的面包藏在里面作我底食品，可是必须声明的是就是这种餐品还往往一天只能去用一次。因为有时我被一道作工的法国人或意大利人强迫到酒店里面去，他们要我请他们吃一杯或两杯什么酒，我底生活费就要去掉大半。

六

病后没有复原，疲劳、失眠、减食，我于是失了一向的健康，我常常觉到死在跟随着我，嫉世的情绪压在了我底心头，我全部都被绝对的寂寞所侵占。但是我却没有去走绝路，我在求活，挣扎着求活……

这时我给郑白基的信中写道：

　　我现在处的境遇是你所想像不到的境遇，若果人生的路上有"受罚"这一个意义存在时，那我现在便是在受罚了，但是这个将使我更认识人生，我现在已经知道了生和死是这样的接近，一个人只要稍微踏脱一下生的轨道时，死便展开在你底眼前，我现在知道了怎样去和死抗争，怎样去努力取得生的前途。

　　我自己也觉得有些惊异，在这种压迫的情形下边，我还能够支持下去，我想这或者是因为我置身在劳动者底社会中的缘故，这个社会是一个表现人类不放弃生命的强有力的实体，它大概给了我一种走向斗争的暗示，所以我虽然每天在很艰难地度着饥饿的生涯，但是，我底精神却还没有被 Hollucination 毒害过。

这时我才真正地了解了所谓下等社会底生活。我住的那个工人区域是非常乱杂，有许多流氓、酒鬼，都浑迹在一起，我底住所是靠近一条不干净的街道，那算是那个区域底中心。每天早晨七点钟的时光，那条街道便开始展开了一个特殊社会的有色彩的图画；晚间七点钟以后，街头的酒馆和咖啡馆便被种种在所谓文明城市中听不到的声音所充满：吵闹、酗酒，不合音节甚至是捣乱的唱歌……每一周或是两周中，整个的区域里面，也可以说就是那条中心的街道上，总要发生些悲惨的故事，故事中最普通的是打架，原因是酒醉或是为了女人。在我住在那儿一共六个多月的期间，我底住所底附近便有三个人很悲剧地死掉了：一个是烂醉后断了气；一个是从工厂中负了伤回来，睡了两天以后便被人家抬到了近旁的坟场去；一个是青年工人，不知道为了什么，在一天晚上，自己把手枪抵到自己底鬓间，结果了自己。

在这种被生活所迫害和含着浪漫动机的自杀相错杂的地方，法律底巨掌好像是很困难地伸了过来。常常地，在烟店里面，有警察和流氓很热烈地碰杯，饮着法国政府禁止了的 Absinthe 酒。空气是异常的卑湿，异常的污浊，谁也找不出生命上有保障的实证。

作我住所的那家屋子便是包藏和平反面的成分的一个黑库。屋子全部的构造是三层，每层都住着有人。我住在二层楼的一个暗角的房子里面。我底隔壁住了一个德国老妇人，已经病在床上有两年了。三楼上住的有一位警察，看人时眼睛常是滴溜溜地转，楼下除了房东自己，还住着一个和我一道作工的意大利人。房东是一个六十多岁的离了手杖不能够行动的老人和一个二十岁左右的很风骚的女子——就是这个女子，是一些不幸事件的焦点，起先是那个意大利人在和她要好，可是不久，三楼上的警察也成了追逐她的人。嫉妒的癫狂便在这两个人底中间开演着，几乎是每天晚上，只要他们在房东底房中互相碰见时，总有一场争吵，甚至扩大到用武的形势。一天，那个意大利人真的实行起决斗来了，他喝得个酩酊大醉，手中拿着一把厨房里用的尖刀，由楼下找到楼上，连我底房子也光顾到了。可是警察却在这时溜了开去，算是没有闹出何种结果。但是这回事发生后约有五六天的光景，那个意大利人却突然地被人告发，说是犯了窃案，被捉进警察署里去了。不过这还不是怎样使人不安的事体，只有在我要离开那儿的前一月的中间，我隔壁的那位久病的老妇人底死亡，才像把那所屋子更加罪恶化了，那位老妇人在噎那最后的呼吸以前，整整地呻吟了一天一夜；声音的凄厉，弄得整个屋子都不能安静。招呼死者后事的人便是女房东和那位警察。事情本是很寻常地过去了的，但却不料第二天突然来了一个女人向房东大闹。那女人是又高又肥，嗓音好像是一条母猪快要被斩杀时的叫声一样，她向聚集拢来的那些邻人宣述着关于死去的老妇人底事迹。据她说她曾服侍过死者很久，她说房东底手里有老妇人存计的几千佛郎，房东为了要得那笔钱，才把老妇人毒死了的。她还确切地举出了证据，说是几天前她曾看见那位警察在某处买了许多砒霜，并且她还把卖砒霜的人底姓名都说了出来——这场可怕的事体是怎样的结局，我是一点也不知道。不过我看见那位警察是出了面，他和那个女人秘商了很久，就这样，便再没有听见以后故事底继续。

这个社会是一个深坑，是一座坟墓，是一所真正的地狱……但是我们不要忘记：这是资本主义最高度的发达之下的一个社会！

六个多月的这种黑暗的光阴在我身上沉重地滤过，我底肺部是填满了不洁的灰尘，我底精神也像是被一种忧郁的暗云无情地压住了。在我离开这个地方的时候，我感觉到我好像是探了一次险的一样，我都几乎不相信我自己还在活着……不过，这个地方却给我底心灵上永远地放下了一件东西，使我深切地明瞭了现代文明底另一面。永远地，我被这个认识把我底悲哀扩大到了自己身外的无限的周围，无限的但却是实际的周围……

从国内来了些稿费，才使我把所有的债务全数偿清。于是，我又到巴黎了。

巴黎对于我，始终是唤开我生命上另一境界的一个都市。我一亲近着它，我烟士披里纯了的感觉总要接受些新的礼物。可是同时，它把我从过去浪漫的行踪中渐渐地拉进了颓废的氛围：世纪末的残病猖狂到了我底身边，我吃酒，意识地去吃酒。拉丁区底咖啡馆每天都有了我底足迹。我挟着一本书和一卷稿纸在咖啡馆中坐尽一个白昼甚至一个整夜，我在那挤满着线条、色彩，以及各种音乐的纷乱与嘈杂之中很兴奋地读着些文学的名著或是写着诗歌。

耽美派的艺术在我底眼前慢慢的闪出了它发亮的光辉：我咀嚼着包特莱尔以下的作家，用了贪饕的情势我去消化他们。渐渐地一步一步地，我倒在 Stimmungskunst 底脚下，醉心在那些病态的美感之中，走进了所谓 Klangmalereir bacing 以及其他等等的迷魂阵里面了。我全身发热地做着创作的工夫，为了自我的满足，我搜索着一种特别动人的句法和一个恰好的字眼过我底日子。有时，因为一个字想不出来的缘故，

七

081

竟至一天我都忘记了吃饭。

耽美派的艺术实在只是浪漫派底儿子，它的出生完全是由于一种矛盾的环境所促成。这就是说，必然是艺术家和他所处的社会有了不能够一致的冲突，才有所谓"为艺术而艺术"的艺术出现。

自然，这个社会的条件并不只是耽美派的艺术所独有，像浪漫派以及一部分的写实派都可以说是因为艺术家和他所处的社会有了不能够一致的冲突才发生的。不过耽美派所不同的却在那种冲突的趋于极端。很简单地说，便是艺术家没有方法在一种和他不能够调和的地盘上立脚，才逃避到他所认为的幻美里面去，不消说这是一种绝望的求活。悲观主义和颓废的心情即刻便会跟着露出它们底面目。

关于我，那是很明显的：自己接触到欧洲资本主义社会的时候，便正是这个社会要破产的时期，这自然是可以立刻感觉到的；而同时自己又是负着东方半殖民地底卑贱的命运，处处又和目前所接触的社会发生着冲突，这样，我底倾向便在不自觉的状态之中决定了起来，我像是一个在这个世界上找不到安栖处的流浪者一样，我底意识竟对于这个世界起了无限的嫌恶。不能自制地我走到一种病态的生活方式里面去，"为艺术而艺术"的艺术便在这种情形下面紧紧地抓住我了。

现在要是我自己详细地来分析自己过去的心理状态和投射在自己精神上那种反映的当时社会背境时，一定会发现出许多有趣味的事实，不过在这儿，我因为不愿意遇事扩大自己的影子的缘故，只好用简略的手法，但是有一点却是不能够避免地要加以说明，那便是置身在文学制作里面的我，开始本是推荡浪漫派底浪潮之一人，可是不久却一变而为耽美派的奉行者，于是便和上面我所引过的我给郑白基谈艺术的信中的主张成了相反倾向，这个，是有一个很大的社会意义在存在着的。首先，我们要了解中国社会底发展形式：中国是一个半殖民地的国家，资本主义底逼来恰好在欧洲最高度的发展以后，资本主义进了中国，同时便带来了一个世界底末日和再生的命运。这就是说，中国接受资本主义的时候，资本主义已经快到最后残喘的时刻，跟着无产阶级底队伍已经露出了伟大的势力来了。这使得中国虽然在资本主义的洪流中前进，但是却总不能像欧洲那样形成完整的，有步骤的资本主义社会。这便是中国在任何方面显露着畸形的原因，也便是中国社会思想在现代发展得异常迅速的原因。我们只看代表资产阶级思想的革命运动的"五四运动"才一完结，或者还没有到完结，便发生了新兴阶级底思想运动，只看"五四运动"领导者的左倾分子竟会立刻又成为前进政党底领袖，便可以明白。同样，文学上的发展也恰是沿着这个行程，创造社在中国算是唯一的接着"五四运动"底狂涛而勃起的文学团体，不消说它所从事的文学运动是浪漫运动。不过，事实上因为作这个文学团体底背境的中国社会早已决定了一种匆忙发展的形式的缘故，这个文学团体也便不得不转变再转变地滚了前去。当一九二三年才过了一半的时期，创造社在它叱咤了一年多的狂风暴雨以后便已经露出了疲倦的情势。并且，就恰是在这一年，中国的浪漫运动便在创造社完成它第一时期使命的历史事件之下告了结束。好，这儿便是我要来说明我自己的地方了。虽然我是住在欧洲，可是必然地还是要始终受着中国社会的推动。要是有人愿意费点心思去检查一下一九二三年这时中国开拓浪漫派的作家底作品时，那一定会了解当日中国底社会情形，这时像住在中国，身当浪漫运动首冲的郭麦弱，已经失掉了他的怒飙的气魄，满满地把作品填上了一层伤感的色素，不能例外地我自然也在这时渐渐地变更了一向浪漫的气氛了。问题便是我以后几乎走到一种极端的耽美艺术甚至到颓废的倾向方面去而和郭麦弱有许多不同，这个，自然因为是我住在欧洲的缘故。这并不是说主要的理由是在我和中国社会隔离，而是说我负着中国社会和自己不能

七

够调和的矛盾而外还再负上一层自己和欧洲资本主义社会也不能够调和的矛盾，这两层矛盾，促成了我绝望的悲哀的展开，这才使我闯进了"为艺术而艺术"的世界。

这时我底苦闷真是达到了最高度了。穷困和孤独的寂寞错杂在我底生活和意识之间倒都还是次要的问题，最大的一个难解决的问题却是在我对于政治的态度。对于政治，我本来是用全副的精神去追求的，但是在国内被压迫的结果，竟至好像失掉了再活动的勇气。但是，要是我不是一个根本失掉了理解力的人，那在当时环境给我的刺激之下，我总会很明白地知道不从政治上活动是什么都得不到出路的。这样，于是我自己本身的矛盾也使我陷到了不安的状态。一面我逃避到我认为幻美的艺术的境界里面，一面我却又是被实际的时代的巨潮招引得不能专心在幻美中陶醉。我曾冲动地向朋友宣言说要放弃目前无聊的生活，决计到俄国加入红军去，有一位住在伦敦的陈觉修（现在他已经是政客中的一个名人了）给我的信中有这样一段：

> 你所写出的话句句都是呜咽的哭声。我不想用一向古人用过的话来安慰你。说是一个要作伟大工作的人物必先得使自己心志吃苦才行——我不说这样的话。我只愿你在悲哀中能有些动人的收获，不要使悲哀把你创作的灵魂淹杀了。至于你想在实际中活动，这自然也是不可少的，我们是应该向改造社会的方向前进。政治自然是负着改造社会的使命，不过它对于用它的人，却付予了容许他选择的权利。我们不应该去盲信所有的政治。你说你想去加入红军，我却还没有发现红军有担任改造社会的使命的那种能力呢。

这位陈先生是老早便固定了他底上层阶级底地位的人，不成问题地对于我说的要去加入红军的这种志愿是不能够赞同。此外还有几个和我来往的人也都说我是在发疯，说我完全是在乱想。自然，我这种志愿终于也是没有实现，那般留学生也不曾被我吓坏过，不过，在这一点上却可以看出我当时一部分的心理状态，可以看出我在要求向实际方面去的意识。

但是，我生活底雾围却总在牢牢地裹着我想要飞跃的情绪。我由没有出路的颓废所转成的带着病态的悲观倾向渐渐地显著起来了。这时我写成了许多新的形式的诗歌，可惜以后都又自己毁掉。那首现在还存在的散文诗 *Neurasthénie* 便是这时做的。我且把那首诗底中心的一段录在下面，那立刻可以给人底眼前送出一个 Misanthrope 的影子来：

> 黑夜底浓色才由空中缓地落下，我一个人在暗光的街灯旁与冷空气抵抗地立着。向我复仇的狂风把地上的枯叶一一吹起；这些枯叶，都像是对我袭击似的在逞行着乱暴，啊啊，我底烦燥快要把我底前胸裂破了！裂破了！现在正是人们完了工作的时候，这街上，这街上：年青的男女们都互做着他们底挑笑；无用的老人们都聚在 Cafe 内过他们的酒瘾；衣裳整齐的先生们都携着他们底妇人，孩子，在安闲地走游……啊啊，那街角上是群众忽出忽进的 Bal 哟！啊啊，Bal，Bal 中开始了催我呕吐的声响：Pia o，Violon，男女抱着发疯的脚步……

都市上的事物就被我这样用病态的看法去描写着。一直到现在，我读起这首简单而带着生硬句法的诗时，当时那种厌世的心情还像在向我逼来。很奇怪地，当时我所看见的事物都带着有死的颜色。我一点也没有造作，像在这同一年内做的那首《最后的礼拜日》便更是充分地表现

七

了我底病的气氛。关于《最后的礼拜日》那首诗，说来或者有人要不肯相信，那首诗是如此同琪勒拉佛格的 *Lhiver qi Vint* 相像，但是当我做那首诗时，琪勒拉佛格底名作却还没有到我底眼里。我喜欢都市，但是我喜欢的几乎是被冬天底混雾所笼罩，工厂的烟突耸在发霉的空气里面，马路上堆积着已死的落叶的那种都市。为了满足我这种情调的要求，我走遍了巴黎底工人区域，有时我甚至在寒风中的马路上去立一个通夜。我底诗是那样的充满了浪人底呼吸，我底生活也完全是 Boheme 底生活了。

颓废这个倾向的本身只是没有出路的挣扎。向幻美中去逃避，其实是越发要陷入于绝望。我当时常常有一种危险的预感，总觉得这样下去，好像自己没有保全自己生命的把握。我想这个大概是从事于耽美派艺术的人底共同的心理，因为"为艺术而艺术"的理论只是为避免人生的责任，结果当然是走到没有归宿的境界里面去。

我新近在我没有发表过的旧稿中发现了我这时做的几首诗，那大概要算我开始制造所谓 "Poiest Pure" 时的作品。在那几首诗中把作者底心理和包围作者的空气都算是无余地曝露了出来。我现在且录一首比较短的在这儿罢：

就让这死的沉默把我紧守，

就让我对你这样闭起了口，

就让这种颤栗来使我身上发抖……

你底这像愁云一样的头发，

就来把整个的我完全压下，

压住我所有的愿望和我底国家……

我底心头总是这样的沉重，

时间也是这样的停着不动，

钟声却来把空间都振出了病容……

你底眼中是藏着一段悲歌，

你底唇边刻画着梦的轮廓，

你使我失掉和外界的不能调和……

这灯光在受着深夜底压迫，

在慢慢地褪变了活的颜色，

使人觉得周围像昏黄又像苍白……

唵！死的沉默……死的沉默……死的沉默……

在这一年底暑期以后我到比利时和德国去住了一些时候。

在比利时是没有可以记述的。在德国我住在柏林，我的足迹是图书馆和美术馆。

要说我是一个愿意彻底地走向颓废方面的人，那是永远不对的，我一到了柏林，那种比较巴黎要严肃一些的空气，把我又引到研究学术的领域里面，我得了一位老教授底指导，去揣摸着历史，地理，考古等学科，这给我了一个另外的世界：我用我已经学过的生物学的一点根柢去贯通那些学科，我眼前即刻出现了许多新奇的事实，我渐渐地涉历到 Marxism 底经济史的边际，不成问题，那时我还不能够消化它，但是我却知道它是解决所有学科的武器了，因为得了这方面的一点微弱又微弱的模糊知识，我在研究福罗易德底心理学时，和指导我这门学科的一位学者起了些相当激烈的争论，我认为福罗易德底体泛性欲论应该建立在社会经济的基础上面，不然，便还是没有说明什么。不消说我没有说服那位学者，或者表面上那位学者还是说服了我，不过我心中却始终坚持着我底意见。

我对于美术底理论的接近也是在这时开始。康德和黑格尔底美学不能使我满意，我企图着用地理的观点去解释美术，想创立一种新的美学，好像这种企图是中止于我看见了霍参斯坦的 *Die Runst und die Gese lschaft* 一书，那使我突然感想到自己底不成熟和浅薄起来，可是必须承认的是我这时却还不知道肯定地用观念论这个名词去批判康德和黑格尔，同时对于霍参斯坦并不表示完全心服。

这时我又去研究星学，我一点不疲倦地长夜在观察着天体，我在每个星座中去考查中国古时的星名，这使我发现了许多星象上的材料：所谓"天驷""王良"是在"Cassiopei"座中，"帝车"即是"北斗"是在"大熊"座中，"昴""毕"是在"牡牛"座中，"参""觜"是在"Orien"座中，"天旗""天苑""九斿"是在"鲸"座中……这真是有趣味极了！结果是我把这些带着半考据性质的研究写成了一本册子。因为是随手记录的缘故，册子中的文字是一部分法文和一部分英文，这册子曾被一位教授看见过，那教授很热心地怂恿我把它拿去作为考博士的论文底草案。不消说这在我看来只是一种笑话，因为我从来是脑筋中便没有藏过博士这个物什底影子的。我把我底册子借给那位教授，不幸一晚在他伏案睡着了时，被他烟斗中的余火烧毁了一半。册子是又回到我底手中，但是只剩到几张残页了。以后我又想去研究天体分光学，但却没有成功。不过顺便说一句：一直到现在，虽然时间和其他的关系再没有容许我作过这方面的探讨，可是我总还是对于这门知识感着最大的兴会。

我这时常会面的中国人是熊尊韵和他底几个朋友，尊韵是和我同船到欧洲的人，他一向便住在德国，这时是已经参加了前进政党，在作着政治的工作了。他是一个表面几乎是带着女性的温和的人，说话时声音特别的低弱，使别个一见便知道他的体格里面隐藏着有一些内伤的病症，得了他底介绍，我认识了住在德国乡间的几个中国底革命青年。一天，在歌德故乡佛郎克府的游行中，掩住天空的深绿的森林里面，草地

八

089

上野宴的筵席之傍，我和尊韵还有一位姓卢的高大的青年各自读着各人底新诗，我底诗很短；姓卢的底诗是从用德文写的原稿译出来的，也像没有怎样动人；只有尊韵底诗是流泻着长的句子和有思想的热情。他把一个青年对于革命的觉醒充分地装进诗底旋律里面，以一个舍弃生命的誓愿作了煞尾。这在他，真像是一个自述：他就恰是从这时起，一天一天地对革命紧张了下来，一直地走到牺牲，他底生活也正像是被诗意充满了的。

因为和尊韵以及其他几个革命青年的接近我才得知道了些当时中国前进政党底情形，我很感动地听尊韵在叙述着被里昂当局送回国的那些M城的同学在国内活动的状况。我由他底地方看见了在当时算是已经出了有四五个月的《向导》周报，在那个在中国震撼一时的报上，我读了许多代表当时中国前进政党的言论。M城的同学大概只有蔡含稀底哥哥在那报上写的文字最多。不消说这时我对于这方面的批评能力是不够的，不过我底直觉总感到那些言论是缺少一点东西，缺少点不依赖其他任何势力的独立性的东西。我还好像很模糊地把我这个意见对尊韵和其他的人说过。不过应该再加声明：这个只是我底直觉所感到的一个连自己也不十分明瞭的意见。无疑地，"机会主义"这一个术语在这时还没有爬进我底脑筋。

但是我在这时对于政治的趣味却是渐渐地恢复了从前的状态了，自然我底立场并不会怎样进步，但是我却知道注意起一切政治上的问题，我每天早晨剪着报，同时还收集着时事的文件，好像是又回到新闻记者底生活了。

这不用解释是由于时代底逼迫的。这时正是所谓世界资本主义暂时稳定后从新开始纷乱之象征的一年，是从凡尔赛走向洛加诺的各帝国主义间起变化的发端时期。另一方面在社会革命的行程中是列宁要逝世的前夜，开始由斯大林领导了革命工作——一切重大的事件都露出信息来了。在这样的空气之下，当然智识分子会受到一种预感，会把眼转向到实际上来。

这时我底笔记中有一段这样写道：

　　这个一九二一年好像给国际间带来了些沉重云翳，这或者又要来些什么风雨也说不定。只就法国占领鲁尔这件事看来，就不像好的兆头。法国占领鲁尔这件事便是告诉我们世界距离和平还远得很，便是告诉我们凡尔赛底条约都是些仅仅为读的时候好听的文章。德国和法国的问题不根本解决，始终有爆发欧洲战争的可能，正和中国和日本在亚洲一样。

　　还有，列宁听说是病势非常危险，这怕也是一个很大的问题。假定列宁是死了，就俄国一向党内有声望的角色来说时，大概托洛兹基会接受起第三国际底政权。但是根据许多关于俄国革命的记载，这却像是一个对于外交喜欢用铁腕的人。那么，将来国际间局势又会变成个什么样子？

不消说我这种观察是太过浮浅，并且还露着有不正确的观点的痕迹。不过从这个上面可以看出这时我对于政治是十二分地留心着，至少我是在受着了政治底汲引，受着了政治底强有力的汲引的了。

然而当时国际底情势却没有像我看的那样简单。法国占领了鲁尔，并没有挑起战争，只是变更了国际间的关系，从此以后，美国底财政资本便支配了整个的欧洲——这真是一个很有趣的事体！疯狂的法国帝国主义只想实行所谓福煦大将的计划，但却不料这个行动竟是给美国制造了一个很好的机会，其次便是使得德国经济更陷于恐慌的状态而发生了

八

这年秋天的革命。这一场蠢到极点的把戏算是没有演出一点结果，到头来反而添了些不安和危机来了。

这真是一个很有趣的事体！法国怎样也没有想到自己会一旦失了对德国的那种主人底地位而去折服在美国底脚下，并且怎样也没有想到竟会因了这次的行动而自己先提出了保安条约……不过，这却也总算是解决了一个很大的问题了：那便是从一九一八年起的这五年中欧洲底大臣们和财政部长们所日夜忙碌的德国赔款问题，从此是有了办法。自然，不成问题地这种办法实际是毁掉了凡尔赛底和约，把剥削德国的全权让给了美国底财政资本。

关于俄国，我这时更几乎完全是无知。俄国党内的情形，在这时却已经是陷在了复杂的地步了。这时因为列宁病重的原因，一切政权都落在了斯大林底手里，托洛兹基已经提出了许多不同的政治意见。对于外国革命的策略，反对派是正在和斯大林起着不可调解的争执。可以说，在中国问题以前，最先证明了那个争执底重要性的便是这年秋天底德国革命。

这次德国革命结果的溃散，实在地说来，并不纯粹像后来一切文件上的记录，说是仅仅由于这一运动的领导者之遇事相信社会民主党底上层人物所致。不消说这是一个原因，但是除了这个以外，却还有一个不能否认的关于 Taktik 上的问题。托洛兹基当时认为那种局势是非常匆促，决不可用和工厂委员会对立的组织形式去褫夺工厂委员会底革命作用，就是说不可用不顾局势的形式主义去妨害运动底速度的进展，可是斯大林却是恰恰相反的。结局，这次事变果然是在一个悲剧的场面下收束了它的命运……

当这次革命底紧迫浪潮要来的以前，德国社会真是危急到万分。这是谁也晓得的，马克价格的跌落简直是从来没有过的现象。到餐馆去吃一餐饭，或是发一封信，所需要的马克总是上千上百的数目，但是实际却不过是合着法国底几个佛郎或是几个生丁。

这种情形，这种即刻跟在后面的是无限量的工人失业和贫民陷于绝境的经济破产情形，却给了一部分好像完全超出这种社会以外的人物以很大的便利。那一部分人物便是我们中国的一般拿着官费或半官费在欧洲留学的先生们。

这是很明白的，平常一个月的用费这时可作几个月甚至半年去用，在一向本来就是除了享乐以外再没有别种人生观的一般留学生真算是碰到再好没有的机会了。英国底留学生，法国底留学生，都结队地跑到德国去，柏林底跳舞场、赌博场、夜咖啡店，总之所有娱乐的，可称为销金窟的所在一旦都填满了中国留学生的足迹，一个瘦小的黄面孔的东方人带着三个四个甚至五个六个的高大女人走进一个最阔气的饭厅或其他更奢侈的什么地方，拿出一卷钞票来随手乱丢……这在柏林竟成了很寻常的事了。

更其滑稽的是有些留学生在酒醉后故意和德国人挑衅，赌博输了时，不肯给钱，反而说战胜国底人对于战败国底人应该虐待。住在我近旁的一位留学生还竟故意欠起了四五个月的房钱，其实房钱每月才只合着中国底几角钱，一天房东和他吵了起来时，他竟当着许多人说道："我并不白住你底房子，我是要你们德国给我们战胜国赔款！"

我们留学的先生们底这种丑态大概是到了所谓道威斯计划实行了以后，马克底价洛涨了的时候，才在柏林渐渐地绝迹了下去。

不过在我，对不起我们那般留学的先生们，我没有看完他们底怪剧，在德国革命风潮要起的前四个月以前，我又回到法国去了。

因为倾心美术，我一心便要到意大利去。在准备去意大利的期间，又到里昂勾留了些时日。

八

这次在里昂遇到了以后在日本地震时被野蛮的日本当局暗害了的无政府主义者大杉荣，这大概有人还可以记得：就是在这年，日本底警察因为失掉了大杉荣底踪迹，曾经发疯一样的找到北京，找到上海，中国和日本底报纸都在哄传着这件稀奇的新闻。这便是大杉荣秘密地跑到法国的这个时候了。他到法国的原因，好像是为参加一种无政府主义者底什么会议，他住在里昂，假装着中国人，和中国底几个无政府主义者住在一起。我和他的见面，是因为人家邀我去通译他和别个的谈话。

这是一个沉默寡言但却显然地露着个人主义很强的人，焦黑，瘦矮，眼睛是闪着聪明的光芒同时留着短髭的口唇却又一点不含糊地把一个极端乖张的性情表示了出来。他底言语行动可以说在我所见过的无政府党人中算是最典型的。在日本，他是以擅长法文出名，但是实际却很平常。他底法文是可以勉强读，写，但却不能够谈。为要告诉别个他是个接近平民的人，他矫揉造作地说着最下等的日本话。我很想由他底口中知道一些无政府主义者对于未来社会改造的方案，可是总未曾达到目的。有一次我问他问得太过厉害了，他竟带怒地吼着道：

——给你说没有什么方案！就是未来的社会真有立什么方案的必要，我们也不能说出方案来！

我又问他是为了什么。他说：

——因为一说出方案来，便不是无政府主义者了。

这给我曝露了一个绝大的秘密，我才知道为什么无政府主义者总在避讳着理论的讨论。

这位半英雄式的人物后来因为到巴黎去打了一个盘问他的警察（他在日本素来以打警察出名），遂被关进牢狱。结果他底真姓名被查了出来，于是日本领事馆用一种押解犯人的形式把他送回了日本。他临走时用法文写了一封塞满着激烈言辞的告别信给在里昂的他底中国朋友，信是被翻译成中文，用油印印了出来。我还记得那煞尾有这样几句：

> 到监房去！这便是我们人生最后的目的，我们都应该抱着这个
> 目的去前进。我这次被人拥护着送回日本，就因为在日本等着我的
> 监房已经等得不耐烦了。

听说有几个中国人到马赛给他送别。他说他走以前要把日本政府底公款多花一些才行。他强迫着送他的那几个日本领事馆底人员请他和他底客人们去吃酒，赌博，一直到餍足了他底欲望，他才上船。

我到意大利了。

和从来向艺术伸出他底手的人一样，我一到了意大利便堕入了陶醉的境地，首先，我到了佛劳伦市，我完全倾倒在文艺复兴期那些巨人底创作之前。特别是米格郎结罗，那位伟大的意大利过去的市民，他使我整个地变成了他底一个的囚犯，我研究着他底生平和他的思想，他为他底雕刻《夜》所做的那四行出名的诗几乎挂在我的口上了：

Caro m'e'l sonno et piu l'esser di sasso,

Menire che'l danno et la vergogna dura,

Non veder，non senlir m'e gran ventura

Pero non mi deslar, deh! pa, la basso.

这几句动人的意大利文一直到现在我还可以背了出来。

这时我对于戴纳底关于某种艺术领导某个时代的考察取了怀疑的态度。我在笔记中写道：

> 戴纳以为古代底中心艺术是雕刻，中世纪是建筑，这是不正确
> 的。且先不要说古代，只以这十五世纪的意大利来说，已经和戴纳

八

底说法合不拢来。像米格郎结罗，对于雕刻显然比对于建筑要露着更注重的倾向，并且同时又发展到了绘画方面，不但是这样，这十五世纪的意大利，绘画的艺术还像掩住了其他的艺术：我们只举拉飞尔和文齐两个人便已经很够很够。

这个意见到现在我还是没有变更，这是真的，艺术领导某个时代，这个前提要是可以成立的话，那也决不是戴纳所定出的形式，造型艺术在每个时代都有它们底发展，所不同的只是在那个时代中的发展底前后。这是很明瞭的事：造型艺术底开始总是由于神殿或皇宫的创造，这必然地是以建筑开端；进一步为了神像和装饰，便有和建筑几乎混合在一起的雕刻产生；再进一步，为了神像和装饰的技术上更容易复杂化起见，才有了绘画。这种艺术推移的行程，最不含糊的是古代，希腊便完全把这种痕迹给我们显露了出来，其次，中世纪也是一样，不过到了资产阶级底长成，那却便成了另一种形式了。那便是各种造型艺术脱离了一向的混合性而各自取了独立的地位。而在这各自独立的领域中，绘画却是成了第一流的力量。

绘画是最能表现复杂事物的一种艺术，同时也是能够容易和科学携手的一种艺术，这便是文艺复兴期底诸巨人在资产阶级文化底曙光中开步到绘画的运动场上的原因。

不过在这儿我必须明白地说，虽然这时我在注重着研究甚至走到这样一个理论的路上，但是实际我却还是与其说在作智识的探讨倒毋宁说在发挥诗意的感兴，我一面带着些科学的气分去认识那些美术史上的无价的宝物，一面却抒情地，浪漫地，仰赞着佛劳伦市底主人的但丁。用了一种凭吊的心情，我搜集着这位诗圣和白德丽采的一切传说。中世纪的阳光照临在我底周遭，我在巡礼和膜拜的生涯中前行了去……

这时我做成了许多诗，都是礼赞佛劳伦市底巨人的创造力的。这不消说因为我是在中国资产阶级文艺运动开展的期间去礼拜开拓那种运动的始祖，当然会有那样的表现。可惜那些诗都不曾存稿，现在我只能记得些断片，在洗礼堂底门前的诗中有两节是：

　　我不曾看见 San Giovanni，

　　我却好像看见了但丁在门中端立。

　　哦，我底但丁哟，

　　你可是成了这儿底上帝，

　　要我来受你底洗礼？

　　我不曾看见 San Givoanni，

　　我好像看见一个持斧的大匠守在门侧。

　　哦，季贝谛哟，

　　你能不能把你创造的伟力

　　分一点给我这弱小的后辈？

在焦朵建筑的钟楼上的诗中有几句是：

　　我看见这养育天才的全城在我眼底下闪动着它的光辉，

　　我不知道怎样才表示出，我血液的沸腾，我神经底颤栗！

　　我只想一翻身跳了下去，就把我底身子这样摔碎，摔碎，

　　好化在这，化在这天才之城底微尘里，微尘里，微尘里！

这些句子当然是没有包括着什么特种的意思，不过当时我那种热狂

八

的心情却是完全表露在它们上面了。

接着，我又到了罗马。

罗马是一个满足我考古的兴趣同时引起我更接近历史知识的地方。我踯躅在那拉丁旧土底残迹之中，我认识了许多从前想认识而没有机会认识的事物。为了使我底认识更明瞭些，我一面又到图书馆去从新挑读着英国十八世纪底大历史家的 *The Decline and Fall of the Roman Empire*，并且附带地读了显克委支的 *Quo Vadis* 以及其他关于罗马故事的几种小说。

我在研究建筑术的中间，有一个地方更使我证明了我已经认定的各种造型艺术所发展的前后程序。那便是由 Lonia 式的柱形改变成 Corinth 式的柱形必然有绘画底发展在作着背后的力量，因为那种装饰化了的华美形式非有绘画底燃烧是不能产生的。这个便证明了在希腊造型艺术最后的一种权力是让给了绘画。无疑地这个说明的另一方面是要把眼光移到支配那个阶段的那般占据在经济地位上的主人。便是说，在希腊，那个时期正是社会上层的阶级达到了最富裕的生活，必然地会把实用的事物加上装饰的外形以适合于本身享乐的气氛。不过，这层却一点也不妨碍对于绘画是最后发展的这一法则上的证明的。不消说这后者的说明当时是没有走进我底思索里面，但是关于前者的意见，我却一直到现在也还没有取消它。

我在罗马，就是这样在研究中过着我底光阴，我感着了一种对于智识的追求的无上的快乐。

但是，这却完全不曾阻挡我奔放的诗的热情。我在 Forum 和 Coliseum 间徘徊留连，我从那些古代文明的墟墓中烟士披里纯到 Nostalgia 的夸张的诗意上面去：我用罗马比着长安，向吊古的情怀中放进了民族的伤感，这样，我制作了些现在流传的或现在已经失掉了原稿的许多诗篇。

　　还有，Romance 也追随着我。在基茨停止他最后呼吸的那所住宅底近旁，一向以各国诗人艺人曾经留驻而得名的 Graco 咖啡馆内，我交接了一位歌剧作家底女儿。这是一个异常娇艳同时又具着自由思想的女郎，我和她的交情由友谊达到了友谊以上的亲近。她底名字是马丽亚，年纪大概还没有越过二十。她底父亲谢狄梅里先生是一个参加着工团的政治斗争的人物，他底歌剧也有相当成功的声望。因为有这样一个父亲，所以她也像在从事着实际的活动而一面又对于艺术的知识有特别的素养。我和她的会面几乎是每天的，从她底口中我得了许多意大利底风俗和意大利社会情状的学问。我曾用意大利文做了一首带着热情的风格的诗赠给了她。可是因为我这时意大利文还没有到自由运用语言中音节的程度，那首诗便又由她自己修改了一遍。结果她父亲把它拿去放在了他底一篇穿插着有中国人的悲剧创作里面。现在我自然是记不起它底原文，我只记得它经我改译成的中文中的几节。有两节是：

　　　　你这像蒂白河水的明眸，

　　　　洗净了我心头的无限烦忧，

　　　　可是我只想把全身都睡了进去，

　　　　一直沐浴到，沐浴到死时方休……

　　　　这儿是有光荣历史的地方，

　　　　正和我出生的长安一样：

　　　　我所以肯守在你底身边不走，

　　　　就因为你底故乡也是我底故乡……

八

可是我这种单调的浪漫情绪不能够作为给一个一半作着社会活动的女郎的充分礼物，所以还有一节是：

> 但是你负着有一个忧愁的命运，
>
> 你要用今日底锁链去牵引明日的太阳，光明：
>
> 你不把倩影送给这儿古老的残照，
>
> 你青春的感情是真正的现代底动律的感情。

这位浪漫的小资产阶级底革命女子和我这时的意识是恰恰地能够配合得上。

然而我和她的结局也是带上了"悲剧"的性质。罗马本有一个中国朋友，是在国际联盟底机关处办事。由这位朋友底介绍，我认得了当时罗马底一位无政府党底领袖。可是巧妙得很，那位无政府者刚和我见了一面，突然他底家中便被法西斯帝的警察所搜查。结果是他底许多同志和朋友的地址统统落在警察底手里，即刻，罗马城中大捕了几天"乱党"。我和那位中国朋友竟也受了波及，都接到警察催迫出境的命令。那位中国朋友因为要向国际联盟机关处办交代的缘故，不能当天动身。我是只有即刻就走，这样，便在一个行色匆忙的景况中，我和她了结了那段姻缘。

临走是一个没有月光也没有星光的黑漆的晚上，上车以前我和她在Greco咖啡馆中停留了很久。在那绿色的灯下，她要我写几个中国字遗给她作为纪念，我是因为第一次才直接尝到法西斯帝底横暴的滋味，愤怒已经掩住了所谓温柔的情绪，对于这个离别也像是并没有什么伤感的激动。为了答她底好意，我给她写了下面一首七言诗：

罗马城上晚风吹，我被迫逐放逐罪。

为恨强权愤怒情，夺去离人漂泊泪。

那禁一步一回头：如此光阴难再觅。

黑夜深埋旧梦痕，绿灯永记相思地。

愿将心肠付斗争，不在温柔胸前碎。

然而我和意大利告别了。

　　一九二三年底世界情势可以说完全是黑暗的。意大利变成了法西斯帝底根据地，西班牙底军事专政露出了面目，德国底支配阶级消灭了革命的势力。英国保守党内阁把权力伸张到东方，法国在勃恩卡勒底专政之下进行着一切政治，美国底统治力量操在保守的共和党手里，日本乘地震的机会大屠杀被压迫的民众……一九二三年便在这样的悲惨雾云中告终了它的光阴。

　　但是一到了一九二四底开始，却又展开了一个另外的局面了。那便是有一种改良的德谟克拉西的空气围罩了上来，最显著的是英国底工党人物麦克唐纳（不消说在我现在写这位大人物底名字的这个时候，他是已经刚在几月前脱离了工党了）底登台和法国社会党维持起的里昂市长艾里欧的登台。

　　资产阶级底复古也就跟着有展开德谟克拉西时代的可能的，而等到德谟克拉西时代底展开，接着又要被复古的旧势力所压倒。在一九二四年，资本主义起了很大的破绽，怎样也必须作暂时弥补的工作才行。第二国际底首领便在这时作了薄命的工具，他们在当时经济的种种危机中唱着"和平"的高调，愿意用全力完成和缓帝国主义者和被压迫阶级间之矛盾的这一场把戏。不过在资本主义指挥之下的这个可怜的局面其实是什么也不能做到，能做到的只是使国际资本家渡过一个难关，所谓"和平"运动底顶点的伦敦会议，结果只是达到了英国要法国退出鲁尔的计划，法国多得赔偿现金的愿望，美国发展财政资本的要求，所谓"限制军备""国际裁判"等好听的名词也只除了使全世界资产阶级把肥手拍肿了几次而外再没有发生出别种效果。

即刻"和平"底真面目也便完全露出来了，那大概是谁也不会忘记，就恰是麦克唐纳和艾里欧在伦敦会议以后又到日内瓦底演说台上大呼"和平"的时候，英国、法国、美国，以及其他的帝国主义者却都把军舰开到了中国了。

然而这还是可以先放下不说，只去看当时工党政府和左派政府下面的情形，那么我们可以随便举出几个问题：最低工资标准问题，工人失业问题，居住恐慌问题，罢工被破坏问题，工资税与二重附加税问题，军事裁判处设置问题，大赦施行问题，路工复业问题……这些问题，是不是麦克唐纳和艾里欧都给解决了呢？自然是没有，一点也没有！

好，这便是一九二四年德谟克拉西的时代了。

在这时代底开始的期间，我恰是住在麦克唐纳每天唱高调的伦敦。在那里，迷罩了空间的湿又冷的冬雾之中，我听到了列宁底死耗。

当时我对于俄国底情形实在懂得的太少。我完全不曾知道列宁一死，俄国底政党立刻便尖锐化地分裂了起来。我只从别方面仿佛听见说为了东方革命的问题斯大林和托洛兹基在起着激烈的争论。但是这也只是一个非常模糊的传闻，究其实到底问题底内容怎样，争论底情形怎样，我既不能在我能看见的报纸上找出关于它们的登载，更不能使这方面的文件落到我的手里，我是被伦敦底大雾隔离了我要注意的一切。

这一年，便是第三国际给东方各国提出了两个阶级构成的工农党的公式的一年，在中国，这是××党和××党合作的时期……

列宁底死耗对于我首先便发生了一个不利的事件，我在伦敦本是代替一个朋友作着点翻译的工作。这工作底性质虽然是短期间的，但是这也能相当地解决一时的生活问题，一天，我在我工作的房中——一个堆满了旧报纸和旧杂志的霉气沉沉的房中——趁着片刻的闲暇读着当天新闻上对于列宁底身后的记述。我忽然想做一首诗去追悼这位伟大的死者。非常热烈地，烟士披里纯地我写出了一首诗。也不知道是为了什么，我无意识地又把那首诗译成英文，可是这一下便发生了事变：那位监督我的高个儿的苏格兰人在我底桌子上一看见了这首诗（或者他只看见了一个题目罢）立刻对我起了不信任的心理，接着，用一种"Gentleman"底严峻的外交态度，他把我辞退了，他向我说道：

——先生，我很尊敬你，但同时也很抱歉，你知道我们公司办事处底地方是很旧又很狭小的，对于一个有新的或伟大的思想的人是不大合宜……

可是，在这儿我不能不声明我底冤枉。我相信那位监督者并没有看清我那首诗底内容。我那诗虽然是在追悼着列宁，但是所说的话却完全是在极端民族的立场上的，我相信现在我若是还能记得那首诗时，就在目前的中国也怕还可以发表的罢。我那位监督者真未免太过看重我了！

但是这结果，不成问题地我是离开了伦敦。

巴黎仍然是不能长住的。窘困逼得我又要到别处去寻生活上的出路。我写信给一个过去在巴黎大学一同听过讲的朋友，要求到他底田庄上去给他作些什么工作。那位朋友是瑞士人。他底田庄就在来梦湖边的一个乡村里面。他是答复了我，要我去给他记录他田庄上的日用帐目。于是，我又提着我底破旧皮包动身到瑞士去。

来梦湖边实在是一个理想的地方。那种幽静的，孤寂的所在，好像是为疲于漂泊的人设下的一个休息之处，松林、山巉，水上成群翻飞的白鸽，护持着远处日内瓦城市的一片暧霴的清雾，都把我底新居牢牢地包围着。在那个乡村之中，唯一的中心是一个古老的教堂和一所在教堂旁边的学校。一个罗马式的钟楼高矗在空中，迟钝地，引人入眠地，它把钟声荡在了不多的几家底屋顶之上。

像这样的一个地方，在理，应该是可以平静地生活下去的。我才一到这儿的时候，我底心中便说："好好地住下去罢！让我在预备我新的责任的这种安定中好好地住下去罢！"但是，不幸得很。事实一点也没有照我心中的想法去进行，命运使我不能够在这个和平的地角休息一下我劳碌的生命，很快地又把我从这个境界中赶出去了。

事情底经过是这样：

那位邀我来工作的朋友——他底姓是黎廉——有一个四十多岁的母亲，一向便在那不多的人家的村中以有不近情理的坏脾气出名，在她，对于我这样一个东方人，大概是早存了一个看不起的成见。一天，她命令我给她扫除房子，又命令我和她田庄中的工人们一同去喂牲口，同时又用一种斥骂奴隶的口吻在吆喝我。这使我突然地冒起火来。

——太太，我向她说，我是由你底儿子请到这儿给你们写帐的人，你这种态度和你派我的这种工作我是不能接受的！

——甚么？甚么？老太婆睁起很大的眼睛叫起来，你不接受……好，那你不要在我们这儿吃饭！我是主人，我要你怎样你就得怎样！……什么？我底儿子！我底儿子他还是要听我底话的……难道你用我底儿子来恐吓不成？

——好，好，那我马上走就是……

结局是她底儿子来把她拉了开去，并且劝住了我。但是这使我再也不能在这儿住下去了。我要求我那位好像很作难的朋友把我底工钱算给我，我打算立刻就到别处去。

然而问题却不是这样简单的。我底工钱的数目实在太少，作为到任何地方去的路费都不够。于是我又不能不忍一口气，暂且在黎廉家中住上几天，我把我仅有的一点财产又用去付我在黎廉家中的房钱和伙食钱。我忙写信给在法国的几个中国朋友，希望他们能救我一下。

我给写信的几个中国朋友，都曾经平分过我的生活费。像前面说过的刘达伯便是每逢到我一有钱时一定要来公用的人。不过这个却一点不妨碍我没有钱时他们不来理睬的事实。根据了我过去失望过的经验，我虽然一面向那般人呼救，一面却早料到怕是得不到什么结果。这到头是果然被我料定了。那几个中国朋友没有一个给我寄钱来。这样快要过了一个星期，我眼看就再没有理由在黎廉家中住下去了，我着急得很，我最后的计划是用我简陋的行李向黎廉家中抵押一点钱，好回巴黎去。

可是这时却有一个奇遇来缓和了我底紧急的情形，我在教堂底门前偶然碰到了一个将近五十岁的满嘴灰白胡子的教士，他很好奇地和我攀谈，问起我到这个村中来的原因。我直白地告诉了他，并且说到我现在的困难状况。那位教士很同情我，他邀我到那个属于教堂的学校里面去坐。经过一个钟头的很投机的对话，他忽然慷慨地表示了他愿意援助我，办法是要我住在那个学校里面，充当一班七八个中学生的管理员。

这个奇遇使我又得了生机。就在那一天底第二天，我便由黎廉家中迁进了那个学校。

这是个施行加特立教底教育的中小学校。校中的教员只有五个人，此外还有两个和我处在一样地位的女教士。我和我管理的那一班七八个学生住在三层楼上的一间大寝室里面，我底职务很轻，每天只是带着那些男孩子上课、自修和游戏。我这种位置完全是由于那位充当着这儿校长的教士底一种例外的安插，所以我所享的权利只能限于吃饭和寄宿。

这种完全被教会底空气所包围的生活，对于我实在是太不习惯，不过为了解救一时的困难，也只好打算暂时相安下去。但是那料这也只是我自己的想法，事实上是我只能在这儿作一个不满两个星期的客人，结局还是被人家用驱逐的方式赶跑。

在问题还没有发生的以前，那两个女教士中的年轻一个，她是我在这儿很少的几天中最谈得来的一个——便早已把消息露给了我，她说那位校长教士所以要留我在这儿的用意是因为他和黎廉家中有着恶感，想借我这件事把那家底坏处传扬出去。她要我早些准备，因为在过去的一个礼拜日，那位校长教士已经在教堂中把这件事给全村的人宣布过了。这就是说，他底目的已经达到，必定就要来设法撵我出去了。

果然，校长教士对我的态度渐渐地变得不和善起来，一天什么人都还没有睡醒的早晨，他跑到我住的寝室中来，突然地他发现了一个十三岁的孩子睡在一个十一岁的孩子底床上，即刻，他便向我发起了脾气，他说那两个孩子是在做不规则的事体，都怪我管理不严，接着他便在寝室里检查。不知道怎样弄的，他在靠我床边的一张桌子底抽屉里面搜出了一本卢梭的《忏悔录》。他便指定了这本书是我底所有物，把手向空中乱伸地喊道：

——天呀，天呀！这本书能带到这儿来！怪不得那两个孩子在做那样的事……凭上帝底意思，我是不能忍受这个了！……

实在那本书并不是我底东西。很明瞭地，那位教士用的是现代栽赃捕人的侦探底办法。

——请你记记清楚看，我说，这本书怕是你自己放在那儿的罢……

九

107

——啊，啊，我自己……这是什么话！什么话！我希望上帝恕你这信白扯白……啊，啊，你原来是一个卢梭的信徒！这我先一点也不晓得……

——不要这样，教士先生（我因为既不是加特立教徒，所以也就不用同称呼父亲一样的那个字去称呼他）。你要我走是很容易的，犯不着用这种方法。不过我要问你一句，且把这本书放开，你为什么要对卢梭这样的仇视呢？你们日内瓦不是还有着卢梭的铜像的吗？

——那另是一回事……总之我们这儿不需要卢梭……

这便是我在这村中的结局。幸而我已经接到法国朋友寄给我的一点钱，于是我便离开了这个笼罩着和平的雾围而对于我却是没有和平的地方。

这年夏天，我又到了里昂。

里昂因为有一个中法大学的缘故，中国人实在太多，并且常常地，中国人演着种种的怪剧，这年好像从国内又来了许多学生，所以更显得中国人到处都是，中法大学是所有那般学生聚集的场所，那儿所住的男男女女在每天很舒服的饮食和起居以外总是要想些特别的事情去做的。那一类特别的事情，我可以在这儿举出两个例子来：一次有一位姓柳的因为一个同学曾在他所结识的法国女朋友面前要求了一回约会，遂召集起全体中法大学底学生用会议形式来解决这个问题。他提出的理由是在朋友底女朋友面前说出不正当的话，这种事会使外国人看轻了中国人，这会议还竟延长了几天。听说就为"约会"这个意思的法文，即"Rendez-vous"一个字的辩论便大家争持得不能相下——这是一件事。还有一次，一个不知道姓什么的男同学给一位女同学写了一封求爱的信。那位女同学以为他是太过唐突，有轻侮女性的嫌疑，遂召集全体女同学底会议，把那个男同学叫到会场中去质问。听说这个带着审判性质的会议也是开到了一天以上，辩论底内容也非常热闹——这又是一件事，就只在这两件事上，已经很可以看出中法大学里面的情形。这的确是一个有闲阶级底青年男女的养成所。

我这样叙述，并不是对中法大学有什么恶意。中法大学尽有许多很用功的人，并且现在成为名流和学者的也不在少数。然而这个并不能掩饰这一个所在底留学生和那般被强迫地遣送回国的 M 城底留学生的不相同之点。

不过，话虽是这样说，可是我这次到了里昂，却也不见得怎样强过别个。我竟又犯了一次恋爱公案，对象是中国人，一位有丈夫的年轻太太。

她姓薛，名字叫作莘津，是一个湖南女子。样子是中等身裁，一副容易动情的不瘦也不胖的面庞，看起人来眼睛中流露着水一样的神色。她底丈夫姓潘，样子和她却是完全相反：他是个粗暴，大块头，使人一见便要感到可怕的人。

我和她的认识，是由于刘达伯底介绍。她是一个画家，在需要着一个朋友去指导她关于美术史的研究。我便是这样当了选。我和她每天总要见一次面。在她住处底一所很大的客厅之中，我们对坐着谈论所有美术上的问题。有时我们还同去到里昂底美术馆里面，在那些煽动着人底视感官的各种色彩的作物之前，我们指点，延仁，每每要越过预定的时间以外。

这种情形是可以想像得到的：这两个人正当着那样的年龄（她大概是二十一二左右），又处在那样的一个环境，又有那样可以常常接近的机会，不消说谁也不能担保其间不发生一般青年男女所不能免的事体。

九

一天，她要给我画一张肖像。就在她客厅中的画室之内，她把她底画架擎起，非常情热地，她扭动她臂间的曲线用设色的笔触临摹着我，这倾刻静默的空气夺去了一切，一种引人到陶醉状态的境况占据着整个的房间，这天我才和她讲过了文齐制作他底杰作《乔工闵》的诗意的历史，使她好像异样地感到了些迷惑。她一面用手在按我底肩头为伏正我的姿势，一面向我心头投了这样一句话：

——让我来作女子中的文齐罢……但愿这画也和《乔工闵》一样，是我底杰作，虽然这画中人物的性别不同……

就在这样的情调下面，我和她形成了情人的关系。

不过，这个艺术化了的故事底结果却太不高明，并且还演了一出一面是俗气的，一面是拙笨的悲剧。

她底丈夫本来是在一个工厂里面实习，每天都不在家。这个自然更促成了我和她来往的密度。在这中间刘达伯吊了一个重要的角色。这位和我最要好的朋友，在我才发生了这件事时，他用一种几乎再没有的诚恳态度怂恿我，并且还说她对于她底丈夫向来便不满意，只要我肯和她结合，他愿意站在第三者底地位帮助一切。可是不料不久她底丈夫便知道了这回内变，便急忙中止了实习，用强迫手段把她搬到另外的一个地方去，到这时，刘达伯却忽然地改变了心向，他放弃了我，竟当起了她丈夫刺探我和她底踪迹的侦探。

一个早晨，我还没有起床，她跑来了。像得了急病一样地，她全身抽搐着哭倒在我底床前，这是很悲惨的一幕：她想对我说什么话，但是终久没有说出。她眼泪一直涌到她两眼都肿了起来。她底意思好像是要我原恕她，因为她是没有办法可以脱离她所处的生活的围墙。

这算是我和她最后的一次会晤。她这次从我的地方回去了以后，更被她底丈夫监禁了起来。可是就这样，事情还不能了结：隔了两天，刘达伯带了一个阴谋的使命来和我会见。他首先说她的苦状，其次说她底丈夫要必须有证据证明这回事变是我底主动，便可以开释她，接着他提出一个办法，要我假造一封写给第三者的他的信，叙述我如何进攻她和她如何拒绝我，同时附带声明我以后再不和她接近，他说有了这封信便可以使她得救。不消说这种办法明明是一个阴谋。这是她的丈夫为将来洗刷他家庭底名誉的一个很卑鄙的计划，刘达伯呢，自然也乐于有这一个根据，他怕我说出他怂恿我的那段事实，使他底名誉上也有了污点。

　　说出来怕不会有人相信，我是竟然就照这位和我最要好的朋友底要求作了。我就在他底当面把那封假信写好。信底内容的构成完全是照着他底说法，我自己底意思是一点也没有加入。于是，这桩公案就这样的才了结了下去。

　　我这个英雄式的行为，当时的朋友是有的以为太过轻侮自己，有的却非常地赞美。总之，这无疑地在现在看来是没有多大的意义的。当时我底意识完全浸入在伟大的个人主义的哲学观点里面，我倾倒着一切克制自我的牺牲的精神。这次的行为自然便是我这种思想的表现了。但是这个，也可以证明我这个人是从来不会用阴谋去应付社会。我所以在老早便踏到所谓牺牲的立场上，或者就正是我感觉到了自己底弱点，不得不采取这样的一个人生的哲学的罢？郑白基给我的信中曾说道：

　　　　你和我不同。我是有处世之才，你却没有。但是你生活上重叠的波浪，我却是感受不到，你走的路和我走的路仿佛是两样，可是，我总以为我了解你。

九

是的，正是这样，我是没有所谓"处世之才"。就因为我有着这种弱点——这内涵的最大的成分便是不知道去用阴谋——才在我底人生道路上不断地失败和受罚。郑白基这个朋友现在是终于和我因为走的路"仿佛是两样"而互相隔绝了。但是，他却倒真算是能"了解"我的一个人……

这年冬天，我又离开了里昂。我和一位姓林的中国朋友一同到 V 城去过冬。这是一个很古的并且很小的镇市。在那里，早住着有两个中国学生。

姓林的朋友，名字叫裕济，他是我一直到现在还纪念着的人，他和我过去的交谊非常深切。由他，我更认识了现在都在从事着著述事业的夏群陵，李凉葛，他们都是对我有过很好的帮助的朋友，虽然现在在思想上是和我失掉了些连系。

我好像是命运上注定，我底生活总离不开女性的：就在这又古又小的 V 城中，我又结交上了一个名叫茜绿特的法国姑娘。

我和这位姑娘的结交是以她底家庭作着背境。他底父亲卢瓦埃先生是一个守旧的然而博学的老药剂师。他是个在学术的知识上很了不得的人物，他指示了我底希腊文以及其他古代语言上的学问。每天晚上，我总要到这家去坐一两个钟头。在一间一半客堂一半会餐室的房间里面，这位学者和他的夫人以及三个女儿——茜绿特和她的两个妹妹——用菩提茶或咖啡飨着我。我们像家人一样地纵谈，说笑。

茜绿特是一个过了二十岁的姑娘，这是很明白的，她是想要我去作她终身寄托的人。这个，我算是没有接受她底好意。我和她都在互相尊重的范围内维持着一种亲密的友爱。在我，这时是正当我情欲的需要在低落着的期间，同时，对于她好像也没有怎样一种热烈的自发的感情。

在她，那是履行着法国一般小资产阶级妇女们的信条，看见对方还没有表示出和自己永久结合的决心时，便宁肯在一种自制的行为中保持着不放荡的操守。这样，我们始终是没有破坏我们清白的，平静的交谊。

然而光阴却是甜蜜的，每天晚上他们全家在围着我，把温柔的嬉笑的声音充满在那暖意扑人的房间里面。卢瓦埃先生和我的谈话是永不会停止。这位学者从他那亲切的，蓄着花白胡须的口中不时地吐出一两句拉丁文来作每段话底结束：他总爱说着"Panca，sed bona！"或是"Dura lex，sed lex！"——他话中的保守的趣味也正和这个家庭安定的空气和到了恰好的程度。

这位学者在朋友和导师的两种态度之间和我对谈着一切学问上和人情上的事项，他底夫人用一种招待子侄辈的和善的笑容招待着我，第二个和第三个姑娘都把我当成她们的长兄，茜绿特则更进一层地把她底温存投给在我当时带着几分沉郁的感觉之内……

茜绿特是常把她底头发披在肩头，静默的微晕的脸上泛着对我表示欢迎的愉快。她唱出些优美的诗歌来给我听，声音又嘹亮，又低回，又羞于情热地颤抖——那确是动人的，非常的动人的，她又把她所记得的许多诗歌用打字机打出赠给我，由于她底指导，我也学会了运用法文打字机的技术。

为使我练习打字机的工夫，她拿着卢瓦埃先生所认识的一位无名的诗人底诗集站在我身旁一个字一个字地诵读了下去，我跟着她清晰地口齿把那一百多页手草本里面的诗章统统打了一遍。这样，我便得了很大的进步。后来我是能够很快地一面做着法文诗，一面去打。我还给她打了很多我顺手译的中国诗，多半都是"汉魏乐府"中的名篇。

卢瓦埃先生底朋友所遗下的那本手草本的诗集，其中有许多诗直到

九

113

现在我还可以背得，那位无名的诗人底诗才实在并不亚于一般在法兰西当时享盛名的作家。可惜我现在记不起他底姓名，只记得他好像是在我认识卢瓦埃的前两年便已经死掉，下面便是他一首题目叫作 *Co gé* 的诗：

Allz-vous en，Nous nous sommes tout dit，

Les mots legers et les paroles graves，

Les mots cueillis a la levre qui rit，

Les fugilifs，ceux aussi qui se gravent

Au plus profond du coeur et de l'esprit

Ne soyons plus l'un pour l'autre une entrave

Pusique nos doigts sont deje desunis

Puisque entre nous le silenee e'aggrave，allez-vous-en.

Je Souffirai，quimporter！je le puis：

N'avans-nous reve l'un pres de l'autre？

Oh！regardez，bientot il sera nuit……

Songeons au songe encor qui fut le notre，

P essons nos mains，embrassons-nous，et pu's allez-vous-en.

像这样的诗——自然，意德沃罗基在现在说来是过去的了，但是，这却决不妨碍它可以和沙曼、古尔蒙等底吟咏相比。像这样的诗，在它当时的社会中泯没了下去，那是足以使人惋惜的。因为谈起了这位诗人，卢瓦埃先生很不平地发着议论道：

——凡是历史上出名的人物，都是机会造成的。有许多天才，都因为没有那种机会，所以悄悄地死去。雨果，魏尔令，以及其他的甚么我们常说的名字，都不过是享受了机会底恩惠罢了……并且不止是诗人、科学家也是一样……

这位以药剂师终老的学者很明显的是在发着自己的牢骚，他是在为他底运命生气。然而这个却并没有动摇他对于社会主义可以使将来各个天才平均发展的理论所取的反对态度，对于这层，他说：

——不，那是不可能的……虽然我们知道许多人是机会送了出来，但是同时我们也知道像巴士德和顾路德摆拿尔等人在社会上毕竟是少数中之少数……以为经济制度改变了以后便可以多产生出几个天才，那只是一种理想，那是不可能的，绝对的不可能的……

我只想问他："既是这样，那么你还有什么牢骚可发呢？"显然地，这位学者是不能自圆其说。

我就这样在卢瓦埃家中的茶宴中度过了这年底的残冬。借着卢瓦埃先生底带着收藏性质的图书室，我得以读了许多在现在绝版的书籍。我甚至还读了几本很老的关于考察所谓 Fseudepigrapha 的著作。

不过，我在 V 城中的生活却不完全是平静的。一次，一个无妄的祸事撞到我底身上来。真是不幸得很，那个送给我祸事的人，还偏是我们中国贵国的学生。

在 V 城先住着的那两个中国学生，其中有一个姓汪的是广东琼州人。这是一个流氓式的智识分子：他一个钱也没有，但却不肯去作工，还住在 V 城中的大旅馆里面，他欠给旅馆的帐大概已经不在少数，终于被旅馆底主人赶了出来。用一种同国人的资格，他来找到了我，急切地要我给他帮忙。我记不清我是立刻给他设法了多少钱，总之是使他得以敷衍了一个月的生活，同时我又给他介绍了一处我相识的人家，租给

九

了他一间房子。可是，我怎样也没有想到这位先生才住进那家去的第三天便去强奸房东底一个十三岁左右的姑娘，这事底结果是他又被那家赶走。不消说在他第二次来找我帮忙时，我是拒绝了他。然而这一下问题便发生了：他声明要用武力使我给他帮忙。他好像是准备要犯一点刑事上的罪名，好让监狱去养活他。为了这个，我在卢瓦埃家中避了一个礼拜。这场祸事还惊动了在 V 城其他几个和我认识的法国人。有的竟自动地要把手枪借给我。以后那位疯狂的人物是由他底一个同乡招呼到里昂去。

我和卢瓦埃算是一直往还到一九二五年底年终我回国的时候。V 城成了我离开欧洲以前最后的住处。不过，我没有老守在这里，我是常到巴黎以及其他的地方去。我去了西班牙，又第二次去了意大利。

我在西班牙没有停留多久。到玛德里，我本是为访一个朋友的，可是不料那朋友在我去以前便已经不在那儿了。这使我底旅费顿时失了接济，我只得很快地又离了开去。

当时西班牙是民众运动和所谓"Preioranismo"死斗的期间，继珈邃露尼亚底暴动而起的反抗狂潮在各地方正不断地增涨。我在一家旧书市中得到了一本被政府已经禁止了的伊巴涅支反对阿尔方朔皇帝的小册子。这书底法文译本，我是刚刚看过。我在旅馆中又用字典把它读了一遍。不过，这位资产阶级共和主义者底议论并没有怎样深刻地打动我。我读它的原因只是为多知道些西班牙皇帝政治上的淫威的事实，同时是为练习读西班牙文。

一九二五年底上半年，我底光阴多半是消磨在浪游之中。我存了一个很大的野心，想有系统地考察欧洲各处最古的美术，因为南欧古时底美术遗迹最多，于是我先从南方一带走起。我没有把这件事看成怎样容易的事，我在要去一个地方以前，总要先到图书馆中去读几本关于那个地方的重要书籍。我知道用某个地方历史上的战争，政治，以及气候等等去解释某个地方美术底特性。可是这个，却并不是我已经完全接受了Marxism底方法。我必须承认这时我底认识力却还是被戴纳底手在抓着一半。

我写了好几本关于美术的笔记，都值得称为可贵重的供给研究的材料。那中间有些记录简直可以说是很宏博的历史宝藏的发掘。不过到现在它们却都是纷失得无影无踪了。原因是我回国后的生活不定，特别是近两年来住处不时的迁移，这在某种观点上，我是觉得有些可惜的。

第二次到意大利，我为的是看滂贝邑的废墟。要去拿波里的前两个月，我是浸在威尼市的迷人的水光里面。

在飞满着鸽子的 San Marco 的广场之上，在划断涟漪和天空的色泽的 Rialto 的桥头，在 Gndola 上一曲神秘的 Earo ruloa 的声中，我沉醉着，低徊着，耽美的诗兴又扑上了我底心头。我考察美术的学者的气氛被诗人的情致破坏了十分之九甚至简直是十分之十。

我做了许多诗，但是——这我怎样说才好呢？——却都是些在现在看来毫没有意义的制作。那些诗有一部分是后来流传在社会上被人们传诵着的。可是，无疑地，它们便决定了我前期诗作的命运。极端的技巧化，无限度的伤感的享乐主义的扩张，我不能否认它们是给中国过去诗的领域内送了些不好的影响。我自己曾这样写过：

> 现在我算是醒定了：我已经决心再不作这些无聊的呓语，我要把我底生活一天一天地转移到大众方面，我要使我的生命一天一天地紧张下去。我回顾我过去许多无意义的努力，真使我愧恨到不可言状，我底汗和眼泪简直要一齐流了下来呢。

这便是指这时我所做的那些诗而言。这种忏悔心情直到现在我还没有取消。

在威尼市可以记述的是我和福劳德家中的往还。那是一段渗着悲惨的成分的故事，其中的经过，若是相当地放大一点，一定可以写成一篇小说的。在这儿，我只能叙一个大概。

福劳德是我在M城认识的朋友，他便是从前我投稿的那个周报中的编辑者之一。自从那个周报停刊了以后，他便离开了M城，好像是过了很久的不得意的生活。他底夫人在穷愁中一病不起，留下一个年轻女儿陪伴着他。大概是距我这次和他重逢的前一年的时光，他才又娶了一位意大利的夫人。凭了这位新夫人底一点财产，他把家移到威尼市底街上开起了一所不大的带卖石膏像和美术画片的书店。我是在一天无意之中突然地碰见了他。

这位朋友是变得非常厉害。不但是面目比较从前苍老了下去，并且思想也由从前激进的轨道上脱落了出来，一种保守的气习笼罩着他底举动。他几乎连过去编辑过一种自由主义者的报纸的那段历史也不愿意提说，他底意大利夫人对于他底意识大概是有很大的关系：她是一个完全企图生活舒服的很妖娆的女人，年龄比较他是几乎要小着一半。常常地，为了他做了什么不能如她底意的事体，她撒娇地啼哭和吵闹到一天不停。他是委曲地服从着她。

和他相反的是他死去的夫人所生的那位姑娘。这位姑娘，在我从前见她时还看不出有特别的性情，可是到这时却简直变得是又沉着又有思想，我这次会到她时，她是刚由米兰回来。在那里，她是在一个工厂中作着书记的工作。不过，她底自营生活，并不只是为脱离她继母操持着的家庭，却还是为去作革命的事业。她是在加入着米兰底工人秘密组织，并且还好像是参与领导的一个人，这次她回到威尼市，是她底父亲因为反对她底行动，用一个计策把她骗了回来的。

这位姑娘——她底名字是阿李丝。但这是一个法国名字，另外她好像还有一个意大利名字的。她是生成一副不十分丰满的面孔，身裁也有几分单薄，不过却占据着一种韶秀而且窈窕的轮廓。映着坚定的精神的她底一对纯洁的眼睛配着她时常爱逗在一起的两道很弯的长眉，她是伏着头总在读书，意大利话她讲得和意大利人一样，德文她也懂，卢森堡的著作她便有几种放在手边。

我和这位姑娘渐渐地厮熟了起来。由于她，我得以读了些米兰工人集团印行的政治小册子。关于不容易了解的实际方面的记载，还蒙她给我加了许多说明。这个女性对于我思想上的帮助很有些和我回国后蔡含稀对于我的情形一样，在欧洲我所结交过的女朋友中大概只有她算是最足以使我由衷倾倒的一个了。这时我的确有把自己底理想与快乐都放置在她身上的企图。并且事实是我和她一天一天地眼看就要达到超过普通情谊水平线以上的接近。我们都好像在等着那个时刻，那个冲破两个人中间的一道什么防线的时刻。

可是，问题的阻碍太大：她底继母却总在侦视着我们，那位风流的意大利太太是怀着一种分外的心思，她并不是为尽母亲底义务去监督她底女儿——她从来便没有管过她——而是为要把我掠夺到她自己底身边，要我作填补她不满足的情欲底要求的人物。

于是好多次隐藏在温和外表下的嫉妒和刻薄的场面出现了。在那些场面的演出中，那位继母意大利太太是努力在我和我所敬爱的姑娘中间使自己获得了一个主角的地位，终于这样展开了最后不幸的一幕。

那是一天晚上——威尼市底晚上，这是人都知道的，那完全是另外的一个世界。幽静，柔和，诗意的朦胧在四周密密地罩起。月亮正从汹涌着的黑云中透出忧郁的光辉，远处底音乐杂着海水底呜咽幽幽地传来。我和阿李丝在一处底桥上偎傍地站着。这位心性坚强的姑娘也像是被这片刻足以使人微醺的情景所压倒，她不时地撩起她底眼光（虽然月亮不明，但是这是可以看出的）在注视我。我是神经颤栗得很，慢慢地伸出手去挽她底臂膀。

——度浸先生……她突然地叫了一声。

——怎么呢？

——你可知道我立刻怕又要离开这儿了……

——离开这儿？到什么地方去？

——到米兰……但是也说不定……

月亮渐渐地明了起来。她底脸庞和半袒的胸脯映着乳玉的颜色。她简直像一座雕像。

——那么我陪你去！我热情地喊了出来。

——那怎么能够呢？……不过你若是愿意和我作一样的工作，那我们总可以见面的……不过我看是很难……

我们底对话就刚到了这儿，那位继母便出现在我们的面前。很凶恶地，意大利太太在拿着一包才由米兰寄来的政治宣传品向她女儿发起了脾气。她唏嘶太厉地吼着说：

——我给你交代过好几次，叫以后再不要有这样的东西寄到家中来。你总不听，好，这包东西适才是被警察检查过了！马上怕就要发生什么事也说不定……你怎么办？……你是完全不管家庭的安宁的……

带着不可调解的严重形式，她和她吵了起来。我稍微劝了一句，意大利太太却用法文向我说：

——Oui，oui……je sais bien Vous etes deverginateur……

这个"deverginateur"，是一个带着古典趣味的字，意思是"诱惑处女的专家"。这位太太算是把她真正的心事拿出来要我看了。

就这样，一幕充满了诗意背境的爱情剧告了结束，第二天，阿李丝便失踪了。

不消说这使那位父亲焦急起来了。他断定她是又去到了米兰。带着点神经的狂乱，他一定要约我一同到米兰去找她。

　　结果是一场空跑。我和福劳德到米兰去住了三天，连那位姑娘的影子也没有看见。我们都非常失望。我是在无聊中去登了一次那座伟大的戈谛克教堂底屋顶，还巡礼了一次文齐的那副已经剥落了的壁上的名作《最后圣餐》。

　　这以后我在威尼市的生活便再没有什么可以特别记述的了。我终日在想着那位使人倾心的姑娘，我感到无限寂寞的哀愁。但是，在这个期间，那位意大利太太对于我的态度却越见是张狂了起来。

　　一天，福劳德不在家的时候，她把我叫到她的睡房中去。那儿是在烧着一种土耳其底炉香，窗帘重重地吊下。她穿着一件肉红色的寝衣，前胸几乎全露在外边，很强烈的脂粉香气扑着人的嗅觉。一个神秘的酒瓶从她底藏衣柜中拿了出来，她斟起了一杯酒送给我。这是一个危险的倾刻：我正要接她那杯酒时，忽然一眼看到那酒瓶上印着有一个德国字。那字是"Arau"，这便是所谓"曼陀罗华"了。这不消说在那酒瓶上是一个借用的字，但是即刻使我明白了那酒是一种不可问的兴奋剂，一股作恶的感情冲上我的心头，我毫不客气地把她底酒打翻在桌上，抽身就跑。她像是情欲冲动到极点，一把拉住了我，急得只是用她底高跟鞋在地板上登登登地乱顿。她底脸是涨得通红，剩了一点就是完全显出来的奶头在跟着她脚的节奏跳动得像要快坠落下来的一样，我终于是挣扎了开去，踉跄地逃走了。

　　经过这一次事变，我觉得再没有在威尼市住下去的可能。于是，我离开了这个诗的城市，动身到拿波里去。

　　在拿波里，有一个中国朋友招待着我，这个朋友是在那儿底农科大学当着助教。由于他，我认得了拿波里底大学中的几个教授人物。

　　滂贝邑给我的兴会来了。我用了全副精神去研究那所古文明的残骸。我发现了两处李敦在他的名著"The Las days oF Pompil"中所描写的错误，我很详细地把我底考证记在笔记里面。现在这段笔记是已经失落，我是怎样也不能在这儿再把那些考证追记出来了。我还记得那是关于往时浴房和其他建筑方面描写的一些很严密的更正。

除了学问上的追求，在拿波里我几乎是在交际中度着我其余的时间。我交上了一位三十多岁的伯爵夫人，她底客厅我去了好几次。那妇人真是一个怪物：她底打扮是肉感到不可言状，客厅里的一切装饰简直像把整个的 Rococo 时代都给搬了去。我和她来往完全是出自一种好奇的心情，我也学着她底其他的客人们给她行吻手礼，可是，那在我却是一种玩笑。有一次我故意用牙齿把她的肥手咬了一下，弄得她尖锐地叫了起来。

因为毕竟不是一个"deverginateur"的缘故，我和那个 Rococo 客厅也就没有结长久的姻缘。在一种表面没有理由的形式下，我是和那位伯爵夫人中止了交谊。

在我快要离开拿波里的时候，接到了福劳德的一封信，那给我报告了一个悲痛的消息。我知道了阿李丝是在米兰被政府的侦察队所捕，并且还是立刻便在非刑中死掉，连尸首也不知道埋在那里去了。这消息使我神经震动了好几天。我深切地感到了法西斯帝底凶顽和残酷。不消说，我这时还是一种主观的感情底激动，但是那也算是达到了一个相当的高度了。我愤恨我面前的假面文明社会的那种火一般的心脏也就和倾陷过滂贝邑的那座火山一样，我为那个殉难的女杰做了一首长诗，中间有几句是：

> 这恶耗是这样的打痛着我底回忆，
>
> 不过，我却不愿用眼泪作追悼你的献礼，

123

你使我知道了这法西斯帝底横暴，恶毒；

我只有，只有努力，努力走上你所走的道路！

从此我要改正我这生活上的消沉，痹麻，

不然是——还不如跳进这火山口中，让

这无用的身子完全毁化！……

阿李丝在米兰底工人团体中所用的名字可惜我不知道。在法西斯帝恐怖的巨掌之下惨死的革命者实在是太多太多，这正和近几年来我们中国的一样，使人想统计也是无从统计。那位可敬爱的年轻的女杰，大概是永远那样埋殁在黄土中了罢！……

假若不是"五卅"这个事件在中国爆发了起来时，那我一直到现在还留在欧洲也说不定。这个事件把我懒惰的浪游者底意识用着炸弹的力量给炸破了！当时的情形，我曾在后来给郑白基的信中叙述过：

我还记得是一天晚上，我坐在拉丁区底一个咖啡店里，面前正摆着一杯 rhum，一个人很无聊地正在出神。忽然一个卖报的闯了进来，突然地喊着：

"——中国的暴动！中国的暴动！"

好像是一个晴天霹雳一样，把我从沉梦中惊醒。急忙买了一份报展开一看，啊，……这新闻就是我们最痛心的五卅事件！

从那晚起，每天报上都有中国的消息。可是报上对于那些消息的评论却真要把人气死！他们——帝国主义忠实走狗的新闻记者！——一提笔便说我们是野蛮的民族，一提笔便说我们是无理取闹，并且一提笔便说他们对于我们应该彻底肃清，应该格杀无赦！……啊，这简直是反了！他们底意思是要我们俯首贴耳地让他们来屠杀，他们的意思是要我们把颈子伸长，连哼都不要哼一声的！这简直是反了，简直是反了！

我自己向自己发誓，决要在最近的期间回国。我是再不愿在外国享乐，再不愿受那些上层阶级的外国人底假意的优待。其实，在我个人过去的生活上说来，中国人对我真不如外国人对我的情意浓厚。但是，让它浓厚去罢！我还是到中国受苦好些！我是就这样决了心，就这样匆匆忙忙地收拾了行装。在筹着路费的时间中，我真是每天都在想回国。我决意和许多外国朋友都不来往了。我在一首诗中说道：

去罢，还在这儿迷恋什么热爱的情妇！
去罢，还在这儿沉湎什么芳烈的醇酒！
去罢，还在这儿居住什么华美的房屋！
去罢，还在这儿信托什么诚意的朋友！

这是真的，我是完全被"五卅"震醒了。我当时的感情自然大多半是带着民族的色彩，但是，这个使我决然舍弃了我在欧洲的生活，而回向革命正在大踏步进行的中国来。我过去的两次回国，可以说都是在追革命的浪潮：第一次是由日本回国，那恰在"五四"的时期；第二次便是这次，为了"五卅"的这次了。我是下了一个很大的决心，要从此把我底生命放置在劳苦的中国民众里面去。我是又恢复了从前对于实际活动的热烈的欲望，我看着报上中国各地工人在一天一天地把运动蔓延，扩大，我高兴得直跳了起来。发疯一样地我到处写信去筹着路费。

为了路费底不容易筹得，我一直耽搁到这年底十二月末，动身回国以前，我是滞留在日内瓦的卢梭岛边，我一面在那可以望见色万峰底积雪的湖边徜徉，一面拿着一份 *L' Humanite* 在心跳地看着上面记载的各国工人阶级援助中国民众的函电。在那儿，我曾写过一封教训式的信给艾里欧；原因是这位自命左派的伟人在议会（这时他已经由内阁台上滚下，坐在议长席上了）因为答复一个议员对于法国参加五卅屠杀的质问，竟宣言说法国政府从来便没有蹂躏过东方民族。不消说我那封信是没有得到他底答复——我也并没有望他底答复——但是，我总算是给了他一次警告。一直到现在，我一想起了我那封信中赠给那位伟人的那些讽刺的句子，我总还要感着些痛快的余味。

终于，时候到了。我把我所有的放浪，颓废，青春的狂欢以及苦恼，一切一切，都留给欧洲，我出发去迎接我新的生命。伤感是有一点，但是不是为了舍不得什么而是为了自己几年来的时间的虚度。

我心中说："啊，过去的年华是怎样的可怕，怎样的迅速，怎样的不可捉摸呀！"但是即刻我又想道："我底前面有革命在等着我，有历史的伟大的革命在等着我……"于是勇敢地，我撒手离开欧洲的怀抱。

披着一件冬天的破旧的外套，头发蓬蓬得像一个野人，我在马赛上了船，再隔三天便是一九二六年，我开始向中国第二次革命的巨浪底头上奔去……

附 记

我底书已经完成了好几天了，忽然今天接到了一封广东青年朋友的信。信中有一段说道：

> 天天在盼你底《我在欧洲的生活》出版，但总还没有看到。暑假中看见了《展望》杂志第三期你底清算创造社的论文（《创造社——我和它底始终与它底总帐》），我早有些意见。因为有些朋友看了你那篇文字，一面在佩服你的光明，一面却不免说你有些英雄色彩。我个人却以为不是这样。我以为所谓客观并不是要矫饰，并不是要摆出假道学的面孔。所叙的只要是真的事实，那就不妨尽情说一个痛快。我希望你的自传始终能有这种态度。特别是自传，要再没有一种尽情叙述自己的勇气，那便毫无价值可言了。我希望你不要怕别个骂你。

这段话给本书中一部分作了说明，所以我特地把它录在这儿，"所谓客观并不是要矫饰，并不是要摆出假道学的面孔"。这确是再明了也没有的一个见解。许多人就因为不懂这个，所以才有许多无聊的误会。这位朋友署的名字是克丰，我是不认识他的。但是他赠我的这个见解，我将永远地保持着。再有机会动笔写我另一段的生活时，我的态度或将更要坚定。

　　附带在这儿再举两个朋友：一个是慕陶，一个是志坚，他们是鼓励使我写成这本书的人。